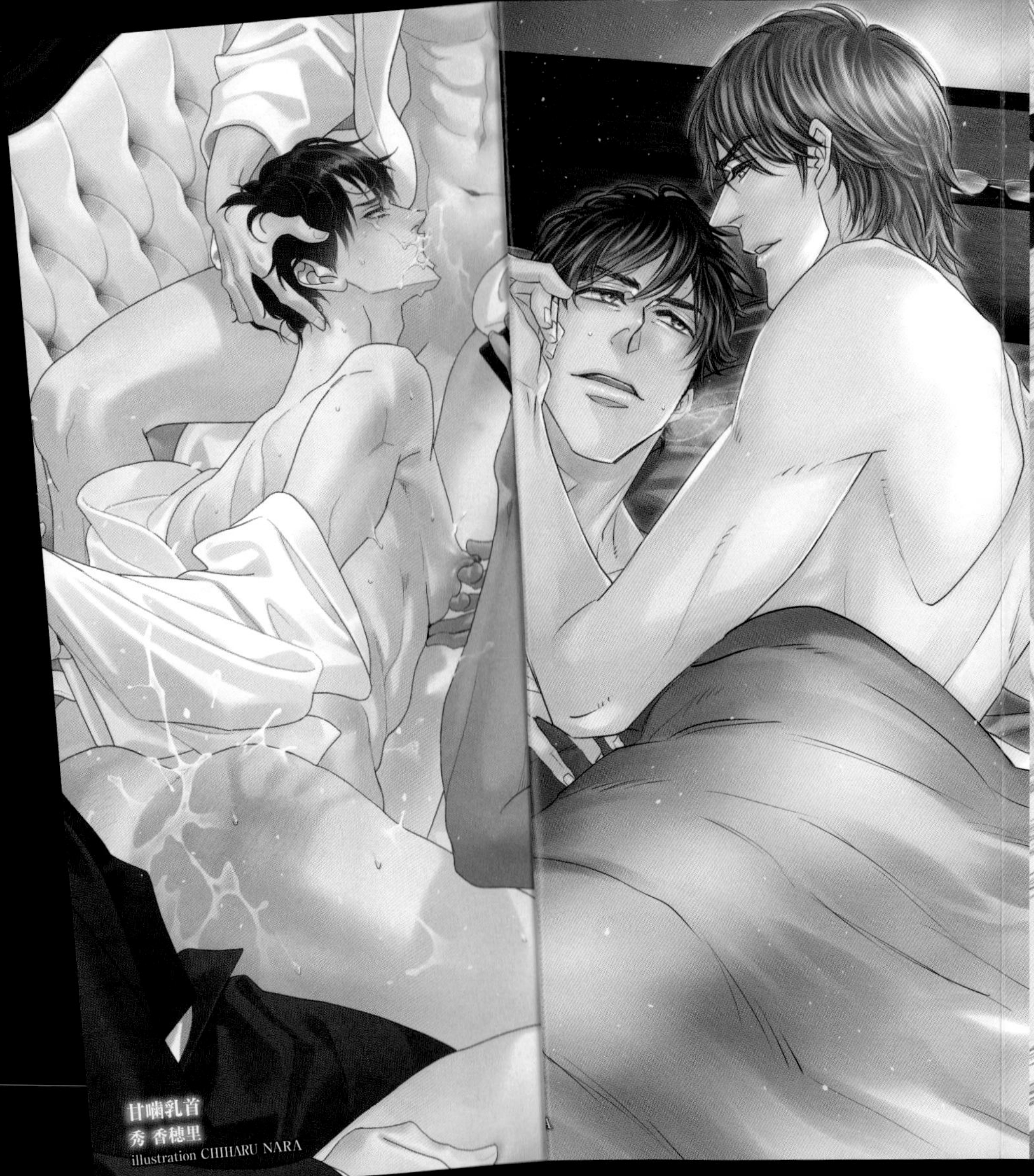
甘噛乳首
秀 香穂里
illustration CHIHARU NARA

Lovers Label
ラヴァーズ文庫
17th anniversary
JN047503
龍の恋炎
ふゆの仁子
illustration CHIHARU NARA

薔薇の宿命シリーズ
犬飼のの
illustration TOMO KUNISAWA

オメガの乳雫
バーバラ片桐
illustration CHIHARU NARA

ラブ♥コレ 17th アニバーサリー

秀 香穂里
KAORI SHU

西野 花
HANA NISHINO

ふゆの仁子
JINKO FUYUNO

いおかいつき
ITSUKI IOKA

バーバラ片桐
BARBARA KATAGIRI

犬飼のの
NONO INUKAI

奈良千春
CHIHARU NARA

國沢 智
TOMO KUNISAWA

Lovers Label

CONTENTS

愛咬乳首
秀香穂里
illustration
奈良千春

「乳首譲渡契約書《ちくびじょうとけいやくしょ》……？」

Ａ４サイズの紙を突きつけられ、北見祐介《きたみゆうすけ》は顔を顰《しか》めた。紙切れを指でつまんでいるのはスーツ姿のリウだ。優美《ゆうび》な眉《まゆ》を跳《は》ね上げ、美しい顔に似つかわしくなく咥《くわ》え煙草《たばこ》だ。

「忘れたとは言わせませんよ。これは私たち――羽川《はがわ》と井上《いのうえ》の三人で、あなたの乳首を好きなようにするという重要な契約書です」

「そんなものとっくに無効だろ。あんたたちはもう好き勝手してるじゃないか」

寝起きの癖毛《くせげ》をかき回しながら、北見はため息をついてソファに腰を下ろしていた。

二月。外は雪がちらついていて窓越《まどご》しに見える三軒茶屋《さんげんぢゃや》の街並《まちな》みは寒々しい。外は凍《こご》える寒さだろうが、室内は暖房がよく効いており、バスローブ一枚でも過ごせる。

北見をめぐって、リウ、羽川、井上の四人が好きに過ごすためのマンションだ。ヨーロピアンな調度品でまとめたインテリアは、外国暮らしが長い井上の趣味によるものだ。ドレープが優雅《ゆうが》なカーテンは、いま大きく開かれ、重たそうなタッセルで結《ゆ》わえられている。コの字型のソファはオフホワイト。テレビボードには大型液晶ディスプレイが置かれ、四人で他愛もなくゲームに興じることもある。

だが、今日はそうではないらしい。週末、昨日から井上も羽川もここに泊まり込んでいる。リビングルームを含め、七室あるこのマンションには各自がリラックスできる居室が用意されている。北見にもそれはあり、昨夜《ゆうべ》は寝心地《ねごこち》のいいシングルベッドで校了明けの身体を充分に休めることができた。

目を覚ましたのは昼前だ。空腹を感じて起き出し、まずは熱いシャワーを浴びてリビングに来たところ、出し抜けにリウに「乳首譲渡契約書」を見せつけられたのだ。

そこには確かに自分のサインがある。

思い出したくもない。彼らに脅《おど》され、深夜のファミレスでいたぶられながら書いた自分の名前。

恥辱《ちじょく》と快感《かいかん》に震《ふる》えた筆跡《ひっせき》は乱れに乱れているが、かろうじて「北見祐介」と見て取れる。

井上、羽川はまだ自室で眠っているようで起きてこない。リウとふたりきりのリビングでまじまじと契約書を見つめ、ため息をついた。

「どうしたいんだ」

「最近の北見さんは仕事で多忙《たぼう》だったでしょう。私たち四人がここに集まるのも久しぶりです。この週末中、あなたの乳首を愛《め》でようかと思いまして」

「……どうしたいんだ？」

もう一度聞いた。

過去、何度も嬲《なぶ》られてきたせいで、そう簡単に動じる北見ではない。すると、リウが近づいてきて、すっとしゃがみ込み、熱い湯を浴びたばかりの首筋《くびすじ》にすうっと触れてくる。それだけで、ぞわりと背骨《せぼね》が撓《たわ》むような鋭《するど》い快感がこみ上げてくるのだから、自分でもどうしようもない。

綺麗《きれい》に整えられた硬い爪《つめ》はしっとりと潤《うるお》う北見の肌を引っかき、ツツと鎖骨《さこつ》に落ちていく。斜《なな》めに切り込んだそこをいたぶるのがリウの癖《くせ》だ。

「あなたの身体の中で、もっとも愛しているのは乳首ですが、硬い骨も素晴らしい。同性だからこその芯《しん》の強さにいつも感服《かんぷく》していますよ」

「……ッ、馬鹿なことを……いつも……」

「馬鹿になっていいんですよ、北見さんになら。もっと罵《ののし》ってください」

追ってくる指から逃《のが》れられず、北見は腰をずり上がらせた。

深い溝《みぞ》を作る鎖骨を丁寧《ていねい》になぞられて、腰裏がぞくぞくしてくる。せっかくシャワーを浴びたのに、うっすらと汗《あせ》が滲《にじ》み出す。

「ふふ、可愛いひとだ。鎖骨を触られただけでもう汗ばんでいる」

「あんたが――変な触り方、するから……だろ……！」

「変な触り方しかしませんよ、私は。井上と羽川さんが起きてくる前に、一度イかせてあげましょうか」

「ふざけるな、俺は起きたばかりで……！　朝食も、まだ食べてない……」

「おや、そうでしたか？　いけませんね、私としたことが。今日は長い日になりそうだから、あなたにはしっかり食べてもらわないと」

瞬間、身を引いたリウが颯爽《さっそう》と立ち上がり、そのままアイランドキッチンへと向かう。

北見は茫然《ぼうぜん》とその背中を追っていた。一瞬のうちに燃え上がらされたのに、嘘《うそ》みたいに手を引っ込められて、もやもやと燻《くすぶ》る炎《ほのお》が身体の中に残る。

白いキッチンはまめに掃除していないと汚《よご》れが目立つ。そこを使うのは主にリウか井上で、ふたりとも料理の腕は抜群《ばつぐん》だし、皿洗《さらあら》いも好きだ。たまに羽川が後片づけを担《にな》うこともある。

北見といえば、三人にいいように貪《むさぼ》られた身体をソファでぐったりさせるだけだ。

「まず熱い紅茶を」

香り高い紅茶を丁寧に淹《い》れ、リウが運んでくる。ひと口啜《すす》り、ほっと息を吐いた。まだ身体の芯《しん》が疼《うず》いているけれど、花の香りがする紅茶はとても美味しい。茶葉をゆっくり蒸《む》らし、きちんと淹れたのだろう。

アイランドキッチンでは、リウがてきぱきと動いている。いい匂《にお》いが漂《ただよ》ってきた。十分も待てば、ダイニングテーブルにランチョンマットが敷かれ、皿やボウルが置かれていく。

「どうぞ、こちらへ」

うながされるままテーブルに近づき、背の高い椅子《いす》に腰掛けた。

ふんわりと焼き上がったオムレツは艶々《つやつや》していて、焦《こ》げ目をつけたトーストには黄金色のバターが乗って溶《と》けかかっている。それにトマトとフリルレタスのサラダ。

「……いただきます」

フォークとナイフでオムレツを切り分けると、とろりと黄身が溢《あふ》れ出す。口に運べばちょうどいい塩加減《しおかげん》だ。なんといってもたまごそのものの質がよく、食欲をそそる。厚切りのトーストも表面はこんがり焼けていて、中はふわふわだ。サラダも新鮮《しんせん》で、言うことはない。

自分用に紅茶を淹れ、リウは北見が食べ進めるのを微笑《ほほえ》みながら見守っている。

「あんたは食べないのか」

「私はもうすでに終えています。ご心配なく。北見さん、美味しそうに食べるんですね」

「そうか？　出されたから、ただありがたく食ってるだけだ」

「咀嚼《そしゃく》しているくちびるから喉元《のどもと》が、やけにセクシーだ。色っぽくて目が離せない」

「ほんとうに変態《へんたい》だよな」

「最高の褒《ほ》め言葉ですね」

澄《す》ました顔で紅茶を口にする男が憎《にく》たらしい。

心底、と思わないのは、惹《ひ》かれるこころもあるからだ。井上然《しか》り、羽川然り。三者三様、異なった魅力《みりょく》を持ち、異なったやり方で北見を追い詰めてくる。それに勝てたためしがないから、今日ぐらいは強情《ごうじょう》になってやると胸の中で誓《ちか》う。

その頃には、井上や羽川も続いて起きてきて、シャワーを浴びたのだろう、濡《ぬ》れた髪をタオルで拭《ぬぐ》いながら、バスローブ姿でリビングに現れた。

「リウ、俺コーヒー。朝食はパス」

「僕もコーヒーがいいな。北見君と同じものが食べたい」

「我《わ》が儘《まま》なひとたちですね。いいでしょう、すこし待っていてください」

まだ眠そうな羽川と井上が北見の正面に腰掛け、頬杖《ほおづえ》をつく。

「なんか顔赤いぞ、北見」

「僕らが起きてくる前に、リウと一戦交《まじ》えたのかな？」

「そんなわけがあるか」

乱暴に斬《き》って捨てるが、鎖骨をなぞられただけで感じてしまったなんて、とても言えるはずがない。口にしたが最後、このふたりは北見が音《ね》を上げるまで淫靡《いんび》なことを仕掛けてくるのだ。

湯気《ゆげ》を立てるコーヒーを啜る羽川が、じっと北見の首元を見つめてくる。

「そこ、赤くなってるぞ」

「え？」

慌《あわ》てて鎖骨を隠《かく》すようにバスローブをかき合わせれば、井上が可笑《おか》しそうに肩を揺すった。

「敏感《びんかん》すぎ。リウがまたちょっかいを出したんだろう」

「そういうわけじゃ」

「皆さん、この誓約書の存在をお忘れではありませんか」

割って入ってきたリウが、皆の前にあの紙を突き出す。

「『乳首譲渡契約書』……ああそういえばそんなものあったな」

「北見君の乳首を、僕たちの好きにしていいってことだよね？」

「もうとっくにしてるじゃないか」

あきれ果て、空《から》になった皿にフォークとナイフを放り出す。料理は美味かったが、その礼を言う気にもなれない。

「あの夜を再現しましょうか」

リウが目の端《はし》で笑い、唐突《とうとつ》に立ち上がる。北見の背後に回り、ぐっとバスローブの胸元をはだけさせた。

「な……！」

抗議《こうぎ》の声を上げる前に、帯紐《おびひも》をしゅるっと抜き取られ、うしろ手に結わえられてしまう。

「この数か月、私たちが愛し尽《つ》くした乳首です。最初の頃よりも、だいぶ大きくふっくらと育ちました。色艶も最高です。いかがですか？」

「ほんとうだ。オークションで北見君を競《せ》り落とした日はピンク色だった乳暈《にゅううん》が、いまじゃ深い色に変わったね。とても卑猥《ひわい》でぞくぞくするよ」

「乳首の根元から、おっ勃《た》てやがって……」

羽川が唸《うな》る。

胸の尖《とが》りの根元をつまんで括《くび》り出すリウの指遣いがいやらしい。ねちねちと執拗《しつよう》に揉《も》み込んで、やわらかだった乳首に芯を通らせ、指を離されたあともピンとそそり勃つほどだ。

「あ、あ……！」

たっぷりと睡眠と食事をとり、エネルギーが充塡《じゅうてん》された肉体にこの仕打ちは酷《こく》だ。血の巡《めぐ》りがよくなり、感度を鋭《するど》くさせる。

ずきずきと乳首が火照《ほて》り、もっと強い刺激を欲しがっていた。

つねられたい、吸《す》われたい——嚙《か》まれたい。

乳首を擦《こす》るリウだけが、いまはそのいやらしい弾力《だんりょく》を知っている。

「……く……っ」

両の乳首を捏《こ》ねられて悶《もだ》える様が、井上たちを愉《たの》しませる。

「なあ、場所変えようぜ」

「ベッドルームに？」

「ソファでいいんじゃないかな。冬の陽《ひ》の光を浴びて喘《あえ》ぐ北見君を見るのも愉しみだ」

井上がにこやかに笑う。もがく北見をリウが押さえ込んで立ち上がらせた。足元がふらつく。媚《び》薬《やく》を仕込まれたわけでもないのに、乳首をちょっと弄《いじ》られただけでこの始末だ。

大きなソファに座らされ、両隣を井上と羽川が陣取《じんど》る。リウはジャケットのポケットからスマートフォンを取り出した。北見の痴態《ちたい》をムービーに収めようというのだろう。

両側から乳首を吸われ、思わず声を上げてしまった。

「あ……ッ！　ん、んっ」

羽川は嚙みつくように。井上はねっとりと啜り込む。それぞれの男の愛撫《あいぶ》が違うことにも感じてしまう。羽川が乳首の根元をがじりと嚙んできて、ツキンと痛みが走るが、もう片方の乳首を井上がちろちろと舐《な》め回してくるせいで気が散る。目眩《めまい》を覚えるような快感《かいかん》の始まりを感じて、思わず口を開いた。

「いや——だ、やめろ……！」

「あなたの乳首は私たちのものなんですよ。拒否権《きょひけん》はありません」

冷ややかに笑うリウはスマートフォンを構えたままだ。羽川が熱心に乳首に吸い付いている隙《すき》に、井上が両足を隠すバスローブをまくり上げ、むくりと下着を押し上げているそこを撫《な》で回す。

「ちゃんと撮れてるかい、リウ」

「ええ、すべて」

「じゃあ、北見君のここが、どんなことになっているか見てみよう」

井上の指が下着の縁《ふち》にかかり、意地悪くずらしていく。途端《とたん》にぶるっと漲《みなぎ》る肉竿が跳《は》ね出て、羞恥《しゅうち》に頰が燃えるほどに熱い。

「馬鹿、撮るのやめろ、リウ……！」

「いいじゃないですか。見るのは私たちだけです。今度プロジェクターを買いましょう。大きなスクリーンに乱れるあなたを映したい。井上、舐めてあげてください」

「了解」

井上が乳首からくちびるを離した途端に、羽川がもう片方も弄《いじ》ってくる。それでも飽《あ》き足りないというように、両手でぐっぐっと胸筋《きょうきん》を揉み込み、北見の胸全体をふっくらと盛り上がらせていく。

胸の谷間を汗がすべり落ちた。つうっと流れ落ちるその感触さえ快感だ。

下着を剝《は》ぎ取った井上が、反《そ》り返る性器の先端にちゅっとくちづけ、先走りの味を確かめる。

「濃いね」

そのひと言で勝負は決まったようなものだ。指で割れ目を押し開き、ぷくりと浮き出す雫《しずく》を井上がゆっくり舐め取る。ちろ、ちろ、と緩慢《かんまん》な舌遣いがもどかしい。もっと激しくして、いっそ極みに追い詰められてもいいのに。犯《おか》される悔《くや》しさはいつまでも胸に残るが、それを上回るほどの飢餓感《きがかん》が北見を襲《おそ》う。

じっくりと亀頭を舐《ねぶ》り始めた井上は、スマートフォンを意識しているのだろう。わざとらしいぐらいに大きく舌をのぞかせて先端を舐め回し、あえて肉茎を指で摑《つか》まない。北見のものを咥《くわ》えているところをより鮮明《せんめい》にレンズに映すためだ。

「や、っだ……いや、だ……」

「こんなにトロトロなのに？」

肉竿をにゅぐりと扱《しご》き下ろされ、たまらずに身体を震わせた。井上の巧《たく》みな愛撫にイってしまいそうだ。そのうえ、羽川が間断なく乳首を甘嚙《あまが》みし、ちゅうちゅうと大きな音を立てて吸い付いてくる。ちゅぱっとくちびるが離れた途端に、物足りなくなる自分の身体が恨《うら》めしい。

「リウ、ローション取ってくれ」

「どうぞ」

井上の手のひらにとろみのある液体が垂《た》らされ、濡れた指が北見の窮屈《きゅうくつ》な窄《すぼ》まりを探ってくる。にちゃり、と淫猥《いんわい》な音を立てた指が孔の縁をウズウズとくすぐって、中へ中へと忍び込んできた。秘《ひ》めやかな場所すら、リウのレンズが追いかけてくる。

「う……ん……っ」

しっとりした井上の指が媚肉を探ってきた。すでに男の味を知っている身体だ。どんなにきつく閉じようとしても、熱い襞《ひだ》を擦られればたやすく解けてしまう。

「あ、あっ、あ……」

自分でも声が弾《はず》んでいくのがわかる。井上の指が上向きに曲がって擦り始めると、狂《くる》おしい熱が身体の奥からこみ上げてきて、無意識に腰を揺らした。それを見逃す井上ではない。舌舐めずりしながらバスローブの前をはだけると、いきり勃った自身にローションをまぶし、ぬるんとすべるそれを、北見の引き締まった奥に正面からあてがってきた。両足を大きく開かされ、苦しい体勢だ。

「挿《い》れるよ」

「ん、ん、ン――ぁ……あぁっ、あ、あ！」

ズクンと挿《はい》り込んできた逞《たくま》しい楔《くさび》に思わずのけぞった。熱杭は蕩《とろ》けた襞をいやらしく撫で、かき回し、すこしずつ奥へと進んでくる。

起きたばかりの身体に鮮《あざ》やかな快感が塗《ぬ》りたくられる。ローションのすべりもあってか、じゅぽじゅぽと淫《みだ》らな音を立てて挿入《そうにゅう》してくる井上が笑い、「今日も気持ちいいよ、とても」と囁《ささや》く。その甘い声さえ毒《どく》だ。逃げたいのに逃げられない。穿《うが》たれているうえに、乳首は相変わらず羽川がしつこく吸っているし、正面ではリウがスマートフォンを構えている。

「ハメ撮りをするなら、もうちょっと角度を変えませんか。井上が北見さんをうしろから抱っこして、いやらしく出し挿れしているところをよく見せてください」

「注文が多いカメラマンだな。わかったよ」

北見を軽々と膝《ひざ》の上に抱え上げ、もう一度、井上が突き込んでくる。

「ア……！」

下から硬いものをねじ込まれ、大きく喘《あえ》ぐ。いい、すごくいい。火照《ほて》った肉襞が雄芯にねっとりと絡《から》み付き、揺さぶられるたびに引《ひ》き攣《つ》れそうな快感を北見に叩《たた》き込んでくる。

井上の長く硬い肉棒は北見の最奥に届き、そこを亀頭でいやらしく舐め回す。うしろで男を咥え込み、快感を覚える己《おのれ》を罵倒《ばとう》してやりたいが、口から出るのはせつなげな喘ぎばかりだ。

「北見君、僕の味はどうかな？　僕はとてもいいよ、最高だよ。君の中が甘く蕩けて、きゅんきゅん締め付けてくる。もっとしてほしいだろう？　してほしいなら、して、って言ってごらん」

「く……ぅ……っあ、う、う、ん……っ」

「強情を張ると抜いてしまうよ」

「や、いや、だ、……あ、あ、あ、……いい……っいい、して、くれ……」

ずるりと抜かれてしまいそうな杭《くい》を浅ましく締め付けてしまい、続きをねだった。

「どこを突かれるのがいい？　入口のところ？　奥？」

「お、く……奥、突いて……っ」

張った芯がずぷりと突き込んできて、もう我慢《がまん》できない。羽川が上向いた北見の性器を扱いてきたせいであえなく陥落《かんらく》し、どっと吐精した。熱い白濁《はくだく》が腹を汚し、臍《へそ》のくぼみから流れ落ちていく。ますます井上が激しく揺すってきて最奥に熱を放つと、待っていたとばかりに羽川が襲いかかってくる。井上から北見を奪《うば》い取り、膝の上に乗せて切っ先をめり込ませてきた。

「や、ああっ、あぁっ……！」

「井上よりも俺がいいだろ、北見。ほら、もっとおまえの奥に挿《はい》ってやるから」

内腿《うちもも》を強く摑まれた。筋《すじ》の浮いた太い肉棒がじゅぷんと埋《う》め込まれ、悲鳴のような喘ぎがほとばしる。いまさっき井上に貪られ、敏感になりすぎている身体に羽川の熱情をぶつけられて、もうめちゃくちゃだ。

はだけたバスローブが鬱陶《うっとう》しい。だけど、乱れたそれを半端《はんぱ》にしておくのも男たちには一興《いっきょう》のようだ。広いソファの上で羽川が体位を変え、北見を四つん這《ば》いにさせる。丸く、形のいい尻《しり》を両手でグニグニときつく揉み込みながら挿入を繰《く》り返し、ぐーっと突き込んでは、引っかかるエラまでゆっくりと引き抜く。

井上とはまた違う刺激に軽く達し続け、正面に膝立ちした井上のものでくちびるを擦られた。もう完勃ちしている。

「咥えてごらん」

「ん、ふ、っ……っ……ん……ん、ん」

押し込まれた肉棒の卑猥な味に、涙が滲んできた。

「舌をくねらせて、巻き付けるんだ。……そう、そうだ、上手だね。いい子だ」

ぐっと腰を押し込んでくる井上に、背後から突き込んでくる羽川。両者の間でもみくちゃにされる北見は啜り泣き、火が点《つ》いたように繰り返し高みに押し上げられる。何度も射精し、もう出ないと泣き言を言っても、男たちは許してくれない。

北見の身体中を味わい尽くすかのように、前とうしろを犯し続ける。閉じきれない口の中は井上のものでいっぱいだ。整った美貌《びぼう》にはふさわしくない雄《おす》の匂《にお》いに酔《よ》いしれながら、ぎこちなく舌を動かし、啜り上げる。

上顎《うわあご》を亀頭で擦られると、じんじんするような疼きが湧《わ》き上がり、すこしもじっとしていられない。


「くそ、なんでこんなに締め付けいいんだよ……！」

羽川が唸り、どぷりと奥に熱をかけてきた。ただ、それぐらいでは治まらないのが羽川だ。一度北見の中から抜くと、まだ硬度を保ったそれを片手で扱きながら、リウからスマートフォンを受け取る。

「リウも味見しろよ。俺と井上が種付けした北見をさ」

「最後には私が孕《はら》ませてしまいそうですね」

くすりと笑うリウが背後に回り、きちんと着込んだスラックスの前を軽くくつろげる。肩越しにちらりと振り返ると、涙でぼやける視界にリウのそそり勃つ雄芯が映った。

代わる代わる男に犯されても、まだ欲しがるのがいまの自分だ。そのこころの変化に戸惑《とまど》うものの、身体は嘘をつけない。

揺れる尻を、パシンとリウが強めに叩いてきた。

「……ッ！」

「いけないお尻だ。こんなに男の精液を注《そそ》ぎ込まれて、孔をひくひくさせているのに、まだ欲しがるなんて」

「く……！」

またパシンと叩かれる。今度はもっと強く。平手で打たれた尻は甘く、罪深《つみ》く疼き、リウが悠々《ゆうゆう》と挿ってきたときには、全身を弓《ゆみ》なりに反らして絶頂に達した。

「あぁ……っあ……っも……もう、ゆるして……くれ……」

「なにを甘いことを。私をこんなに食い締めているくせに」

「ん、ん……っリウ、……っはがわ、……井上……っ」

「君の虜《とりこ》だよ、いつまでも」

「俺たちをおかしくさせるのはおまえだけなんだよ、北見」

男たちに囁かれ、犯され、北見はしゃくり上げながら深い快感へと堕《お》ちていく。

その底は見えない。

どこまでも、彼らが追ってくる。

END

LOVERS COLLECTION

ラヴァーズ文庫さん
17周年ほんとうに
おめでとうございます!

花の(?)17歳ですね。
これからも刺激的な作品を世に送り出してくださいませ。

秀 香穂里

17TH ANNIVERSARY

甘噛乳首

ラフ画特集

CHIHARU NARA Presents

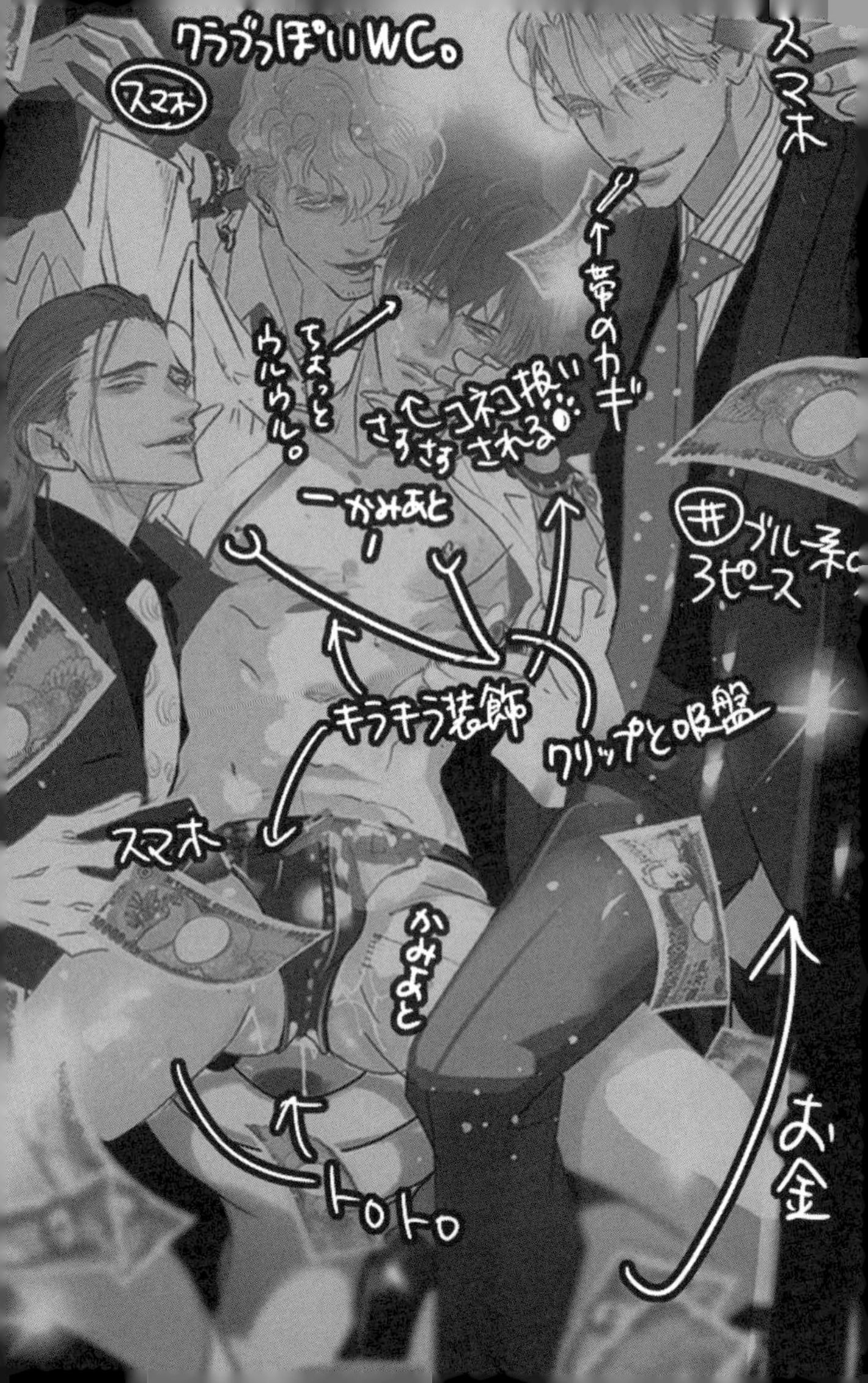

クラブっぽいWC。
スマホ
スマホ
←帯のカギ
ちょっとウルウル。
コネコ扱い
さすさすされる
かみあと
キラキラ装飾
クリップと吸盤
井 ブルー系の3ピース
スマホ
かみあと
ト○ト○
お金

D
オークションシーン。
ダイヤ付クリップ
特殊金属仗
↑みえる。

ブコレ17 ①
㊗ バスルーム
朝のふたり。
光
羽
キスマ有
日焼け ☺
※本編ラストの
Love17
4ェーン
5

ヨーロピアン白いソファ
ひっぱる
ぐしゅぐしゅ
どろどろ…
スマホ
羽
乳首

黒
全員よびすて。
俺〜
あんたら
おまえ！
貸
27
WAN

うす茶
1トーン
10〜20%
未定
肌次第で。
北見!
俺〜
おまえ〜
羽川
同期
27
MEMO…
ちょっとヒゲ
可能でしたら
地黒(モノもトー
「羽川さん」
黒
敬語
北見さん
私〜
あなた〜
リク
井上さん
「さん」付け
「羽川くん」
アッシュブロンド
(MONO−白
井上
北見君
君〜
僕〜
35

②
お金↑
タバコとグラス

④
まど外夜景で
バスローブとか

⑤
黒

脱げない男
祝★ラヴァーズさん10周年！ 奈良千春
～～も～ ムグッ
ど
さ…
ハァ ハァ
はー…
俺もさすがにちょっと…
休憩しようか？
まだやる気かよ…てか喉やばい
ふふ
水をお持ちしましょう
さんきゅ
ふき ふき
リウ、ついでに俺コーヒー 一服しよ
井上は？
はいはい
悪いね僕も水を
パタパタ
こそっ
集合っ
なぁ リウってもしかして…潔癖だったりすんのかな？
ええ…何故？
聞いたことねぇけど
いやだって
一度も見たことないからさ 全部脱いでるところ
…
…
うーん？ でも…
…そういえばないな
だろ？
潔癖症が4Pに耐えられるかなって
た、確かに
まぁ他によほどの理由が…？
まぁ言ってあの人、マフィア疑惑濃厚なヤベェ人だしなぁ
たとえば―

えげつない刺青しょってるとか
今さらそんなもので引くか？
はたまたエグいピアスマニアとか
あ〜っ身体改造系？
それはちょっとビビるかもだけど・・・
さっきもあいつのチ××にはその気配はなかったんだよな〜
!?
もちろんどこにも何もいれていませんよ
ぴくっ
ひゃっ
リウ！聞いてたならお前——
それより北見さん
今のスケベ発言は聞き捨てなりませんねぇ？
へ？
にじり
今日は井上もずっと着衣だったはずです
え？
さらには目隠しまでされていたあなたがなぜ
は？
××を判別来たのか
にじり…
もう一度確かめないと
ヴヴ
ぽよっ
先月からはまだたったの7cm減ですか…フゥ
…昨夜は危ないところでた
こんなだらしない体北見さんには見せられませんからね
ヴィ
はぁ
はぁ
兄さん禁酒までしてマジで気合い入ってんね！
がんばれ!!っ
muscle man
※妹ちゃんのジム。

フードコーディネーターの内緒事
illustration國沢 智
スペシャル・デート
illustration奈良千春
西野 花

「三倉《みくら》先生、インスタフォロワー三十万人突破、すごいじゃん」

「ありがとう」

鷹野《たかの》の言葉に、三倉は少し照れくさそうに答えた。正直、ここまで数字を伸ばせるとは思ってもみなかった。女性が好きそうなスイーツの写真を多めにしたり、センスよく、いわゆる『映《ば》え』を必死で工夫した成果が出たのかもしれない。

「ライブ動画なんかも配信したのがよかったのかも」

「俺も見ましたよ。先生のライブ。テンポよくてよかったです。ああいうのってもたついちゃうと、どうしても見る気なくしちゃうんで」

「ありがとうございます、榎本《えのもと》さん」

「三倉先生はいつもがんばっていますから、結果がついてきて当然ですよ」

佐埜《さの》にも褒められてしまい、三倉は胸がいっぱいになった。

週末に三倉の家に集まることになっていて、フードコーディネーターでもある三倉は、彼らに夕食を振る舞った。インスタにあげているものとは違い、完全な家庭料理だったが、こういう気取らない献立《こんだて》もいいと喜んで食べてくれたのが嬉《うれ》しい。

「コメントもいっぱいついてるじゃん。先生イケメンって」

「調子よく言ってるだけだよ」

「そんなことはないですよ。先生が見目麗《みめうるわ》しいのは事実ですから」

「三倉先生は可愛いですよ。よく知らない女共がキャーキャー言ってるのは、おもしろくないけど」

佐埜のしれっとした言い様は相変わらず慣れないと思う。しかもそれに榎本まで乗っかってきた。

「でも、ここにコメントしているやつらは、先生が俺達とエロいことしてるってこと知らないんですよね」

「っ、あ…当たり前でしょう」

目の前の三人の男は三倉の恋人であり、いかがわしい行為に耽《ふけ》っている。それは四人だけの秘密だった。

「別に、悪いことしてるわけじゃねえじゃん」

「そうだけど、でも多分、理解してもらえない」

「特に理解してもらう必要性を感じませんが」

「俺だってそんなことは思ってないよ。俺にだってプライベートなことはある」

人に言えないこととはいえ、三倉は罪《つみ》を犯《おか》しているとは思っていない。

「俺は佐埜さんに榎本さん、鷹野――が、好きなだけだから」

言ってしまった後、三人が微妙《びみょう》な顔をしたので、何かまずかったかなと思う。けれどそれは最初に佐埜が立ち上がって、三倉をソファから抱き上げた時に、単に彼らのスイッチを押してしまったのだと思い知った。

「そんな可愛いこと言われたら、しっかりご奉仕しないとな」

寝室のドアを開けながら鷹野が言う。

「いっそこれもライブ配信とかしちゃいますか?」

「い、いやだっ」

冗談《じょうだん》だとはわかっているが、榎本の軽口を反射的に拒否《きょひ》する。

「他の人達に見せるわけがないじゃないですか。先生の可愛い姿は俺達だけのものだ。……でも今、ちょっと興奮《こうふん》したでしょう?」

恥ずかしい姿を皆に見られるのを想像して。と続けた佐埜に、三倉は返すことができなかった。


「ひゃ、…あ……んんっ」

間接照明だけで照らされた寝室に、三倉の喘《あえ》ぎと、ぴちゃぴちゃという音が響《ひび》く。

裸《はだか》に剝《む》かれた三倉は、三人の男達に全身に舌を這《は》わされていた。三つの舌が全身を這う感覚にぞくぞくと官能《かんのう》の波が走る。彼らは三倉の身体を舐《な》めることを好んでいるのだ。最初の時から、もう何度行為を重ねているかわからないが、すっかりこの悦《よろこ》びを覚えさせられてしまったような気がする。

「あっ、あはっ、あ…っ」

そそり勃《た》った股間《こかん》のものを榎本にぬるりと咥《くわ》えられた。そうかと思うと根元からちろちろと舌先を這わされ、あるいは先端《せんたん》を、じゅううっと吸《す》われたりする。腰がガクガクと震え、背中が何度も反《そ》り返《かえ》った。

「あっ、あっ、気持ち、いい…っ」

脇腹《わきばら》も佐埜にぺろぺろと舐められている。すでに身体中が敏感《びんかん》になっている三倉は、くすぐったささえも快感《かいかん》になっていた。そして胸の上で、つんと尖《とが》った乳首は鷹野に舐め転がされて、もう弱いところを一度に複数押さえられてしまっている。

「はぁあっ、あぁっ、んんんっ……！」

身体が勝手にびくびくと動いてしまう。それを三人がかりで組み伏《ふ》せられ、好き勝手に舐めまわされるのは、たまったものではない。

「や、あう、ん、ん、んうあぁ…っ！」

ふいに体内で快感が弾《はじ》けた。三倉は軽い絶頂に達してしまって、反った背中をぶるぶると震わせる。

「ふ…、甘イキしちゃいました？　ここ、そんなに出てないですね」

「ああ、ひ、あぁあ…っ」

榎本が口から出して見せた舌は、先端からとろとろと愛液を滴《したた》らせていた。それは射精というには物足りない。彼の言う通り、三倉の中にはまだ熱が煮凝《にこご》っていて、中途半端《ちゅうとはんぱ》にイったせいでなかなか波が退《ひ》いてくれない。

「榎本君、後ろを頼めるか。前は俺が」

「了解です」

榎本と佐埜が何か会話をしたと思うと、両脚が更《さら》に深く折り曲げられた。腰が半ば持ち上がるような状態《じょうたい》にされ、それまで肉茎をしゃぶっていた榎本が後ろのほうに移動する。

「あっ！」

ぬるり、とした感触を後孔の入り口に得た。生きもののような舌がそこを舐め上げている。

「んんあぁあ」

入り口を蕩《とろ》かされる感覚に恍惚《こうこつ》とした声を上げる。そして濡れた肉茎に、今度は佐埜が舌を這わせてきた。

「ひう、うう…っ」

堪《こら》えきれない快楽に顔を歪《ゆが》ませ、喉《のど》を反らすと、鷹野が口を塞《ふさ》いでくる。

「んふう、ぁんん…っ」

　上下の口を舌で犯されているような状態だ。すっかり恍惚となった三倉は腕を鷹野の首に回し、その舌を夢中で吸い返す。その間も下半身からの刺激に、鼻にかかった甘い呻《うめ》きを上げていた。乳首も指先で撫《な》で回され、全身が快楽に包まれる。

「はぁああ…っ、あっ、んぁあ、ああっ、い、イく、イくぅぅう……っ！」

　じゅうっ、と前を吸われ、後ろに舌を捻《ね》じ込まれて、三倉はまた次の絶頂に追い上げられた。宙に投げ出された両脚をびくびくと震わせ、鷹野の唇から逃《のが》れて思い切り喉を反らせる。

「んぁあぁあぁ」

　今度は勢いよく弾けた白蜜が、佐埜の口中に溢《あふ》れた。

「あぁ、んう、あううん…っ！」

　激しい極みに晒《さら》されている間も榎本によって後ろは舐められ続け、後孔はずっと収縮《しゅうしゅく》を続けている。早く、早くそこにもっと太くて熱いモノを挿《い》れて欲しかった。誰が最初でもいい。

「鷹野さん、挿れますか」

「お、いいの？」

「俺は、いい感じにどろどろになったところが好きなんで」

「相変わらず変態《へんたい》だよなあ」

　鷹野が三倉の脚の間にやってくる。彼によって腰を持ち上げられ、待ちわびているそこにいきり勃った男根が押し当てられた。

「はあっ、あっ、はや、く…っ」

「今やるって」

ぐずぐずに蕩けた後孔に、鷹野の男根がずぶりと侵入してきた。入り口をこじ開けられる快感と、肉洞を擦り上げられる快感。身体が熔《と》けてしまいそうな愉悦《ゆえつ》に、三倉はたちまちイきそうになる。

「あ、あはああっ……はっ」

揺らされる三倉の上半身を、榎本と佐埜の愛撫《あいぶ》が襲《おそ》う。敏感《びんかん》な肌に這わされる唇と舌は、三倉に身悶《みもだ》えするほどの快楽を与えた。甘い声がずっと出て、たまらない。

「三倉先生、可愛らしい声を出すようになりましたね」

「おねだりされてるみたいですよ」

「ああ…、だって……、ああああ……」

彼らはいつも三倉を舐め蕩かし、その三本の男根で代わる代わる貫《つらぬ》いて愛してくれる。その多幸感《たこうかん》を、きっと自分は手放すことなど出来ないだろう。

「んっ、んうっ、あっ、あっ！」

「今日もここに……、腹一杯《はらいっぱい》になるまで出してやるからな」

そして彼らの放つ精で体内を満たされる時、三倉は彼らの精で溺《おぼ》れてしまいそうな感覚に陥《おちい》る。三人の種が混ざり合う時、愛し尽《つ》くされたことを実感するのだ。

「三倉…、出すぞっ」

「あっ、あ、ふあぁあんんっ」

内奥で熱いものが弾ける。それは鷹野が精を放った証《あかし》だ。三倉もまた引きずられるようにしてまた達してしまう。思考が一瞬白く濁《にご》った。

「あ、んっ、んんん……っ」

濡れた唇を舌先で舐め、あまりにも甘美な余韻《よいん》に酔《よ》いしれる。多少の後ろめたさも混じるそれは、いつしか三倉をより興奮させるものとなった。

今夜はまだ鷹野のものしか受け入れていない。

三人の恋人との淫蕩《いんとう》な行為は、まだ始まったばかりだった。

END

スペシャル・デート（蜜言弄《みつごといじ》め番外編）

（すごい人だな）

こんなにたくさんの人を見るのは久しぶりだった。だだっ広いホールに無数の椅子《いす》と机《つくえ》が並べられ、その上にはたくさんの本が並べられている。机の間を縫《ぬ》うように大勢の人が行き交《か》い、皆、真剣《しんけん》な面持ちでその本を買い求めていた。

安岐《あき》が来ているのは、毎年二回行われているコミフェと呼ばれる催《もよお》し物だ。なんでもこの手のイベントでは日本最大級らしい。

安岐が今いる場所は、壁《かべ》に沿って並べられている机の内側だ。そこは柏木《かしわぎ》が出しているブースで（スペースと呼ぶらしい）、彼の頼んだスタッフが壁沿いに積まれたダンボールから本を次々と机に出しながら売っていた。柏木は、といえば、机の後ろのほうで訪《たず》ねてきた人に応対している。

「すごいですね。こんな感じなんだ。初めて見ました」

「びっくりした？」

「はい。なんだか違う世界みたいで」

そう言うと、柏木は苦笑した。

「俺ら、この後ちょっと打ち上げして帰るけど」

「あ、はい、四時から神原《かんばら》さんのパーティーに顔を出すことになってるので」

ぜひ一度イベントに来て欲しいと誘《さそ》われて足を運んだその日、ちょうど神原も、自著の映画化記念のパーティーが開かれることになっていた。神原からも声をかけられている安岐は、この後、その足でそちらに行くことになっている。

「じゃあホテルで合流だな」

「はい」

どうせ出ているならと、その夜は三人で泊まることにして、都内にホテルをとっていた。三人では初めての泊まりとなる。安岐はこの日をどきどきしつつも待ち遠しく思っていた。

人でごった返す会場を抜けて、銀座へと向かう。教えてもらったのは大通りから一本外《はず》れた地下にある創作フレンチのレストランだ。パーティーはすでに始まっているらしく、安岐が扉《とびら》を開けると賑《にぎ》やかな声が聞こえてきた。

中には五十人ほどの人がいて、思い思いにグラスを傾《かたむ》けている。テーブルには美味しそうな料理がぎっしりと並べられていた。

中のほうで人が集まっているところがあり、その中心にいるのが神原だった。ダークネイビーのスーツを着ていて、俳優《はいゆう》と言ってもおかしくない。

「あら、こんにちは」

「こ、こんにちは」

綺麗《きれい》な女性に声をかけられ、安岐は返事をした。

「神原先生のお友達？」

「はい、親しくさせていただいてます」

スーツを着ているので、出版関係者か何かだろうか。神原の近くに行くように進められたが、安岐は丁寧《ていねい》に固辞《こじ》して邪魔《じゃま》にならないところで飲み物を飲んでいた。やがて人波が途切《とぎ》れ、こちらに気づいた神原が手を上げて近づいてくる。

「やあ。来てくれたんだね。大和《やまと》のほうはどうだった？」

「大和さんのところもすごい人でしたよ。それと、映画化おめでとうございます」

「ありがとう」

神原はにこり、と笑い、安岐と乾杯《かんぱい》した。その後もパーティーは問題なく進行し、お開きとなる。安岐は二次会に誘われたが、先にホテルに行っていると言って会場を出た。

予約していたホテルに一人でチェックインし、部屋に案内される。大和が手配したというその部屋は広々としていた。しかも部屋が二つに分かれている。

（一泊、いくらくらいするんだろう）

試しにベッドに横になってみると、これまで感じたことのない心地《ここち》よさだった。

（今日はいろんなことがあったな。いい経験をした）

彼らと会わなかったら知らなかったことばかりだった。少し瞼《まぶた》が重くなってきて、そのままうとうとと寝てしまいそうになる。

安岐の意識はゆっくりと眠りの淵《ふち》へと落ちていった。


「――――安岐」

「雛月《ひなつき》くん」

頬《ほお》をぺちぺちと指先で叩《たた》かれ、はっと目を開ける。すると柏木と神原がこちらを覗《のぞ》き込んでいた。

「あっ……、ごめんなさい、おかえりなさい！」

「よく寝てたな。インターフォン鳴らしても反応なかった」

柏木の言葉に恥ずかしくなって赤くなる。

「いろいろ移動したし、疲れたんだろう。構わないよ」

「でももう、平気です。少し寝たんで、元気になりました！」

「そ？　じゃあ疲れることとしても平気か？」

柏木の言葉にどきりとする。ここに泊まるということを聞いた時から、こうなることは予想していた。そして、自分もそれを期待していたということも。

「うん」

安岐は頷《うなず》いた。

「俺だって、そのつもりだったから」

小さな声で呟《つぶや》くと、目の前の男達が動くのを感じた。二人分の体重がベッドに加わって軋《きし》む。

「ん、むっ…」

最初に口づけてきたのは神原だった。柏木はその間に安岐の衣服を脱《ぬ》がせていく。

「じゃあ、期待に添えられるようにがんばらないとね」

「あう…」

唇の端《はし》を舌先で辿《たど》られ、思わず甘い声が漏《も》れてしまう。くるん、と視界が動いて、気がつくとベッドの上に押さえつけられていた。裸《はだか》の肌がシーツに触れる。

「ああっ」

左右の乳首をそれぞれ吸《す》われてしまい、いきなりの強い刺激に高い声が上がってしまう。そこをほんの少し弄《いじ》られただけで、安岐の肢体《したい》はびくびくとわなないてしまうのだ。

「ここ、すごいエロくなったな。ちょっと舐《な》めてるだけなのに、もうビンビン」

「あ、だって、そこ、いっぱい…っ、するからぁ…っ」

彼らがいつも執拗《しつよう》に乳首を責めてくるから、もともと敏感《びんかん》だった突起《とっき》はさらに感じやすくなってしまった。

「少しふっくらとしてきたね。もっと大きくして、女の子みたいにしようね」

「や、やあ…あっ！」

ちゅう、と吸われて身体中がぞくぞくする。恥ずかしい突起が、これ以上、恥ずかしくなるのは嫌だった。けれど二人に優しく宥《なだ》められてしまうと、どうにでもして欲しくなる自分がいる。

「ふう、あ、あああぁあ…あっ」

（身体中、気持ちいい）

刺激されているのは胸なのに甘い痺《しび》れが全身に広がってゆく。もう力などどこにも入らなくて、安岐は自分がぐずぐずになっていくのを感じた。

「もう、乳首でイっちゃう？」

「う、ん…っ、んんっ、イ…く…っ」

「素直でいい子だね。ちゃんとイけたら、ご褒美《ほうび》をあげるね」

大きな手で頭を撫《な》でられると安堵《あんど》する。自分のすべてを彼らに委《ゆだ》ねてしまいたくなる。

舌先の動きがより淫猥《いんわい》になり、安岐は乳首を嬲《なぶ》られながら腰を揺らめかせた。

「あっ、あ、あああぁああ」

ぐん、と身体が反り返って、そのまま身体中がガクガクと痙攣《けいれん》する。頭の中が一瞬、真っ白になった。下着の中で白蜜がどぶん、と弾ける。

「した…ぎ、よごした…」

「替え持って来てるんだろ。なんなら後で買ってきてやる」

「気持ち悪いから脱ごうね」

濡《ぬ》れた下着をするすると脱がされる。それと同時に両脚が大きく開かれた。

「はいご開帳ー」

「あっ…やっ、恥ずかし…っ！」

「そうやってずっと恥ずかしがるの、可愛いよ」

いつまで経《た》っても慣れないことを褒《ほ》められるが、こんなこと恥ずかしいに決まっている。だが彼らが言うには、安岐は人一倍、羞恥心《しゅうちしん》の強いタイプなのだそうだ。

「舐めてあげるから、大きく開いてごらん」

「あぁっ…」

恥ずかしさと期待が、ない交《ま》ぜになった声が漏れる。そこをしゃぶられる時の腰が蕩けるような快感を知っているからだ。

「んあっ…、あああぁんっ」

神原の口に肉茎を含《ふく》まれて、鋭《するど》い快感が腰を貫く。腰骨が甘く痺れて、下半身を覆《おお》う愉悦に恍惚となった。

「はっ…あっ、きもちぃ…っ」

上半身には柏木の指と舌が這わせられている。時折《ときおり》、彼と舌を絡ませ合いながら、鋭敏《えいびん》な肉茎を口淫される刺激に溺《おぼ》れた。

「ふ、ううんっ、んっ、あ、あああ…っ」

安岐が身悶えするのに従って上等なスプリングが軋む。その音にすら興奮をかき立てられ、安岐は絶頂へと追い上げられた。

「あっ、イく、ああっ、————～～っ」

今度は神原の口の中に白蜜を吐《は》き出す。はあ、はあと息を弾ませながら目を開けると、入り口をこじ開けるように指が捻《ね》じ込まれる。

「ううっ」

つん、とした快感が腰の奥に走った。けれどこれはまだまだ序《じょ》の口《くち》だろう。きっとこの後、朝方までこの行為は続けられる。はやく入れて欲しい、と内奥が疼《うず》くのを感じながら、安岐は自身の欲求に身を任せた。

ＥＮＤ

LOVERS COLLECTION

ラヴァーズ文庫さん
17周年おめでとうございます。

このまま年数を重ねていきまして、
ますますの発展をお祈り申し上げます。

西野 花

17TH ANNIVERSARY

舐め男
ラフ画特集

TOMO KUNISAWA Presents

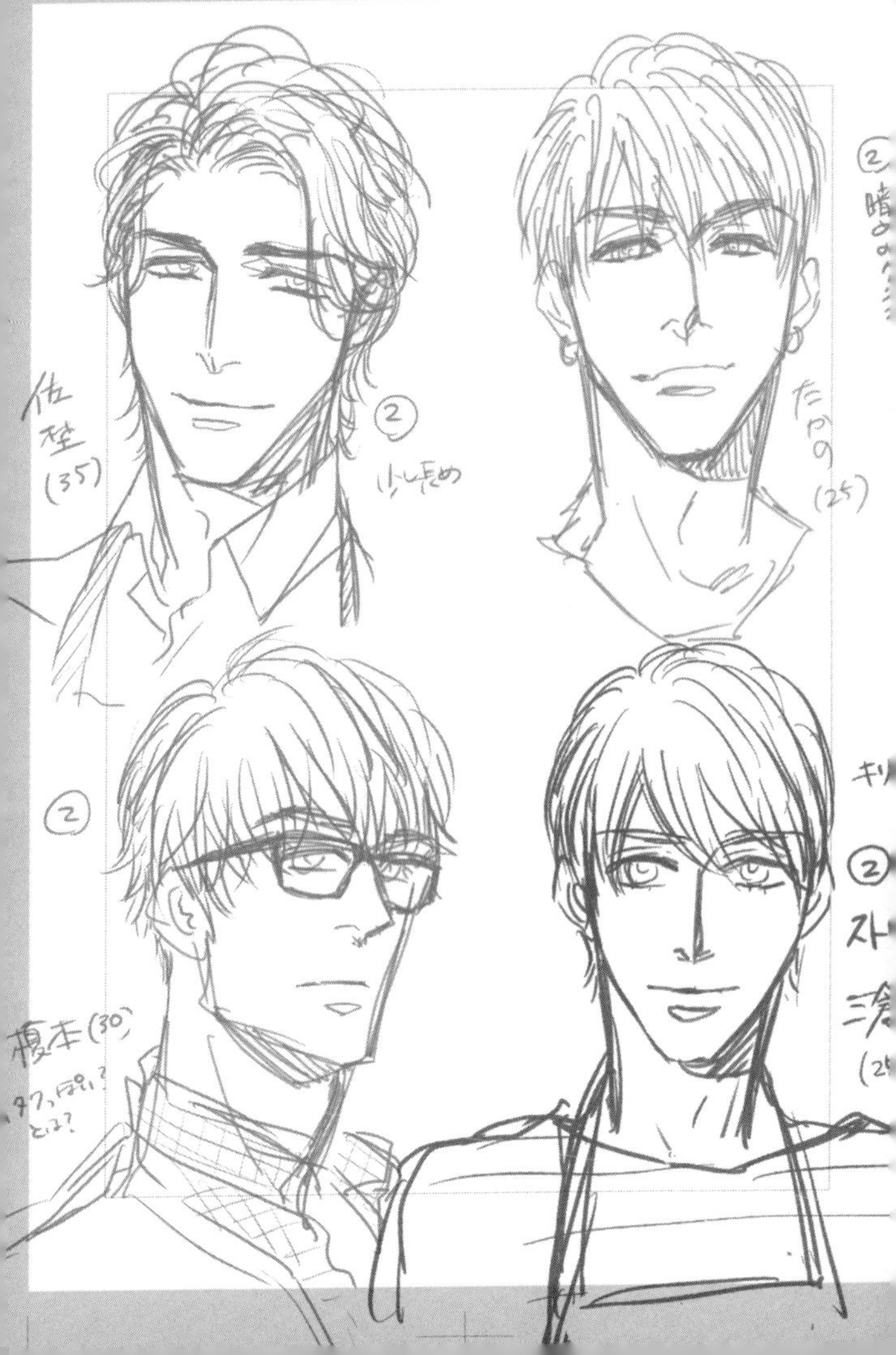

佐埜(35)
②
少し長め
②
(25)
②
榎本(30)
②

⑧-2 キスさせると
他の2人入れるの
むずかしい

6

⑧ 榎本 2

蜜言弄め

ラフ画特集

CHIHARU NARA Presents

安岐
モノ、黒

神原
モノ時、白
そり上げ
モノ黒
柏木

D絵
背：モダンバスルーム
あわあわ
ボディタオル

全員全裸
寝室
ベッド
6
まど
夜景
カーテン
神足

ネオン
②
?スーツ?
タイなし
Ⓘの上に
コート
柏
スポーツ
ウェア
?
マンション
エントランス
ビジネスリュック
ストーカー
私服
黒

ウエディング
パーティー
ふゆの仁子
illustration
奈良千春

「高柳《たかやなぎ》さまー」

甲高《かんだか》い声で名前を呼ばれた高柳智明《たかやなぎともあき》は、頬《ほお》をひきつらせながら声のしたほうに顔を向ける。

「そこで両手を大きく左右に開いて、顔はこちらに向けるのではなく空を見上げてください」

言われるままに両手を開いた高柳は、澄《す》み渡った青空を見上げる。

「空……こう、ですか?」

「そうです。そのまましばらくじっとしててくださいー」

「はーい」

高柳は結構ムリな体勢を保ちつつも、内心では「自分は何をやってるんだろうか」と疑問を抱いていた。

ベトナム中部に位置するダナンは、ベトナムの第三の都市であると同時に、近年、注目されるリゾート都市でもある。三十キロにもおよぶビーチには、五つ星クラスの超高級ホテルからヴィラリゾートまで、多種多様なホテルが立ち並ぶ。

そんなダナンへ来た理由は、車で一時間程度の場所にあるバーナーヒルズという高原にある、「神の手」と称される橋を観るためだった。

正式名称を「ゴールデン・ブリッジ」という橋は、巨大な手の形をした橋脚《きょうきゃく》に支えられている。映画かファンタジー小説でしか見られないような光景を目にしてから、絶対に生《なま》で観るのだと心に決めていた。

アジアを飛び回って仕事をしている以上、ベトナムは外せない重要拠点《きょてん》だ。あえて私事で訪れずとも、仕事で行くことになるだろう。そう思い続けた結果、今の今までベトナムに来られなかった。

タイミングなのだろうと思う。

もしもっと前に仕事で訪れていたら、今とは違う気持ちがあったに違いない。「今」だからこそ、ベトナムへの想いも強かったし、この都市への見方も異なっている。ウェルネスを離れる決心をしたこの機会だったからこそ、自由に、気楽に、ベトナムという国を楽しめているし、この国に腰を落ち着けようと思えた。

大きな鎧《よろい》であり枷《かせ》でもあったウェルネスという名前を捨てて、高柳智明という一人の人間として仕事を続けていく。その拠点にベトナムを選んだのは、ある意味運命だった。

最愛の人であるティエン・ライのプロポーズを受け入れ、改めて共に生きていく決意をした。もちろんこれまでもプロポーズなどなくても、一緒に生きていく決意は互いにできていたし、それを当然のこととして受け入れていた。別に「結婚《けっこん》」と言葉にしていなくとも、「結婚」しているようなものだと思い込んでいた。

だが、実際に結婚を言葉にしてみて、ティエンからも言葉にされたことで、「結婚しているようなもの」と「結婚している」ことは、違うものだということが判明した。

自分たちだけが思っているのではなく、周囲に公言したことが大きいのかもしれない。高柳自身、何がどう違うのか言葉にするのは難しいが、絶対的な安心感が心に生まれていた。

『近いうちにアメリカあたりで、正式に結婚証明書《けっこんしょうめいしょ》を出してもらおう』

高柳にプロポーズした数日後、ティエンはそう言ってきた。

『形だけだが、俺に万《まん》が一《いち》何かあったとき、正式に結婚しているほうが何かと都合がいい』

ティエンに万が一何かあるかもなどとは考えたくもない。だが、互いに絶対に何もないとは言えない以上、公的な関係を証明するものはあったほうがいい。

『証明書取ったら、日本にも報告する』

高柳の言葉に、なぜかティエンは驚《おどろ》きの表情を見せる。

『別に無理することはない』

『無理なんかしてない。それに親に隠《かく》してるつもりもない。ただ、話してないだけ』

家族仲は悪くない。だがベタベタしてもいない。両親に愛されて育っている自負はあるが、二人は子どもを束縛《そくばく》も溺愛《できあい》もしない。ただあるがまま、認め見守ってくれる。

そんな二人が、高柳の愛した相手を認めてくれないわけがない。これまで具体的にティエンの話はしていないが、薄々《うすうす》気づいているだろうとも思っていた。

『絶対、僕の報告を喜んでくれる。会いたがるよ、特に母親。面食《めんく》いだから』

高柳のそんな当たり前の想いを，ティエンがどう捉《とら》えたかは知らない。

とりあえず、その夜の情事が執拗《しつよう》で激しかったことは覚えている。

ダナンから戻ったらホーチミンで家を探して、生活拠点が整ったら、それほど経《た》たないうちにアメリカへ向かわねばならない。忙《いそが》しくなるが、それもまた幸せな話だ。

と、ここまでの話は高柳にとってはある意味予定通りだったのだが。

「高柳さま。今度はこちら側を向いて、花束《はなたば》を見つめてください」

「は…い」

テンション高めで高柳に指示を出している女性はハマダさんという。ベトナム人の配偶者《はいぐうしゃ》を持つ彼女は、ベトナムに住んで二十年になるウエディングプランナーである。

「そこで笑顔で。そうです！　今いい表情されてました。今度はもう少し右側を見てください。視線の先にダーリンがいると思って！」

「ダーリン」

「そうです、ダーリンです。隣に立って高柳さまの肩に優しく手を置いている姿を思い出してください」

レオンがこの場にいたら腹を抱えて笑いそうな言葉を、ハマダさんは嬉《うれ》しそうに口にする。高柳はそんな彼女の言葉に、内心戸惑《とまど》いつつも、なんとか笑顔を繕《つくろ》う。

高柳とともにダナンを訪れたフェイロンとは、ベトナムで様々な予定を組んでいた。神の手を観に行くのはもちろん、マリンスポーツも楽しむ予定だったのだ。

それが、海には来ているものの、海に入って遊ぶのではなく、軽く三十度を超える暑さの中で、真っ白のタキシードを着て、岸壁《がんぺき》に立たされている。遥《はる》か下の方では、岩壁に当たった波が白い花を散らしている。ちょっと油断したら足を踏み外し、海の底に一直線。そんな際《きわ》どい場所に人を立たせた張本人のハマダさんは、カメラマンの撮った写真を横から覗《のぞ》き込んで、ご満悦《まんえつ》だ。

「高柳さまー！　最高に素敵《すてき》なスチールができそうですよ。ですからもう少し頑張ってください」

「はーーい」

引きつった微笑《ほほえ》みを浮かべつつ、高柳は疑問に思う。

（なんでこんなことになってるんだか）

後回しにし続けてきたヨシュアとの関係を清算するべく、梶谷《かじや》には仲立《なかだ》ちを頼んでいる。最終的な結論は、直接会って話をすると梶谷経由《けいゆ》でヨシュアに伝えてもらうようにしたのだが、どうやらティエンと結婚することも一緒に話してしまったらしい。

結果、ダナンのホテルに到着するや否や「高柳さまー」と、ハマダさんが声を掛けてきたのだ。

ホテルまではティエンとフェイロンに加えて梶谷、レオン、先生も一緒だった。それなのにハマダさんが駆《か》け寄ってくるタイミングで、まるで蜘蛛《くも》の子《こ》を散らすように誰もいなくなっていた。

「たかやなぎー」

一人、事情がわからないフェイロンだけは、先生の腕の中でもがいていたものの、何か耳打ちされたのちは何かを納得したらしく、訳がわからない高柳を置いてエレベーターへ乗り込んでしまった。

「ちょ、っと、みんな……」

「さあ、高柳さま。時間がありませんので急ぎましょう」

ハマダさんは高柳の腕を摑《つか》んで、たった今入ってきたホテルのエントランスへ引き返していく。

「あの、どこへ」

「車に乗ったら、ご説明しますので」

そう言ったハマダさんは、エントランス前の車寄せにつけられていたワゴン車に高柳を押し込むと、運転手に行き先だけを告げた。直後、走り出す車の後部座席に座った高柳は、ようやく事情を説明をしてくれるのかと期待していたが、そうはいかなかった。

「高柳さま。狭《せま》いところで申し訳ございませんが、急いでこちらに着替えてください」

ハマダさんは突然、車内に用意されていたスーツを押しつけてきた。

「着替えって……なんで」

渡されたのは光沢《こうたく》のある白地のタキシードだった。それがどういう場面で身に着けるものか、さすがの高柳も知らないわけではない。

「誰に頼まれてこんなことを……」

「ご質問は後ほど伺《うかが》います。今はとにかくお着替えを！」

ハマダさんの勢いと圧に負けた高柳は、言われるがままに着替えをさせられた結果、今いる場所まで連れてこられ、モデルよろしく写真を撮られまくっている。

ちなみに後回しにされた「質問」も「説明」もいまだ「後ほど」のままだ。

「はい、高柳さま。お疲れ様です。こちらにお戻りください」

やっと撮影は終わったらしい。ほっと安堵《あんど》して車に戻った高柳は、今度こそ事情を聞こうと思っていた。

「あの、ハマダさん……」

「次はこちらに着替えてください」

ところが質問を遮《さえぎ》るように、ハマダさんは大きなトランクの中から、今度は真っ白なドレスを引っ張り出してきた。

「……………あの」

「ご安心ください。きちんと高柳さまの着用可能なサイズをご用意いたしました」

「そういう話じゃなくて！」

強い口調で高柳が言っても、ハマダさんはまるで怯《ひる》むことはなかった。

「すべてはクロズミ様のご依頼《いらい》により、私どもは動いております。ドレスにつきましては、高柳さまがお嫌だとおっしゃられても、絶対に着用させてほしい、とのことです」

「ヨシュアの奴……」

なんとなく、そうかもしれないと思っていたが、やはりそうだった。

ヨシュアなりの祝《いわ》い方なのかもしれないが、やりすぎだ。

「なんでドレスなんて……」

「お似合いになるだろうからと言伝《ことづて》を承《うけたまわ》っております」

「そういう話じゃないと思うんだけど……」

「お相手様も、別働隊に連れられて撮影とお着替えをしているはずです」

「……へえ」

ティエンも自分と似たような状況《じょうきょう》にあると思ったら、少しだけ気持ちが浮上してきた。

狭い車内ゆえに、女性のハマダさんの目など気にしていられなかった。ハマダさんも慣れているのだろう。率先《そっせん》して着替えを手伝ってくれる。

「こちら、顔を向けてください。少し、お化粧《けしょう》をいたしますので」

「化粧？」

予想もしない発言に、ついその単語を鸚鵡《おうむ》返しにしてしまう。

「大丈夫。高柳さま、絶対お化粧映《ば》えしますから」

そういうことを心配しているわけではない。だがもう色々面倒になっていた。

「……お願いします」

とにかく早く終わらせたかった。


「私たちは猛《もう》スピードで準備してきますので、また後程《のちほど》お会いしましょう！」

さらなる写真撮影を終わらせたハマダさんは、ダナン有数の高級ホテルで高柳を下ろすと、相変わらずのハイテンションで車に戻ってどこかへ向かってしまう。

ホテルのスタッフは、状況を把握《はあく》しているのだろう。仮装《かそう》パーティーにでも参加するような格好の高柳を見ても、表情を変えることはなかった。

「こちらでしばらくお待ちください」

案内された、だだっ広い親族控室《ひかえしつ》には、更衣室が二つ、洗面室も二つある。さらにゆったりとしたソファが二セット置かれ、壁には鏡台《きょうだい》が二面並んでいた。

鏡台前の椅子《いす》に腰を下ろすと、どっと疲れが押し寄せてくる。ダナンに到着してからまだ数時間しか経《た》っていないが、何日も過ぎたように思えた。

「なんでこんなことに……」

項垂《うなだ》れて、つい漏《も》らしたタイミングで、高柳以外の声が聞こえてくる。

「似合ってるじゃないか」

　顔を上げると鏡《かがみ》の中に、自分の背後に立つティエンの姿が映し出されている。

「ティエン……！」

　白いタキシードに身を包むティエンの、普段以上に凛々《りり》しく格好良すぎる姿に、言葉が上手く出てこない。

「情けない顔するな。せっかく綺麗《きれい》にしてもらったのに台無しだぞ」

　その口から出てくるのは、いつもと変わらぬ口調と言葉だ。無意識に強張《こわば》っていた表情が緩《ゆる》み心も解《ほぐ》れてきた。

「綺麗じゃないよ、もう……どうしてヨシュアって、余計なことしかしないのかなあ」

　頬に伸ばされる手に、己《おのれ》の手を添えて泣き言を口にする。

「どうしても何も、それがヨシュアだってことは、他でもない、お前が誰より知ってるだろう」

「そうなんだけどさー」

　このところヨシュアから逃げ回っていたせいで、少々免疫力《めんえきりょく》が低下しているのだろう。

「ティエンみたいにタキシード着るだけだったらいいけど、僕はこんなの着せられたんだ。もう、ただのお笑いだ」

「だから、似合ってるって言ってるだろう」

　頬にある手をぎゅっと握《にぎ》り締めたまま、高柳は顔を上げる。

「本当に？」

「俺が嘘《うそ》を言うと思うか？」

「……ティエンは嘘吐きだからな」

真顔で返した途端《とたん》、ティエンは「違いない」と笑う。

「ま、俺が嘘吐きなのは事実だ。だが、ドレスが似合ってるのは嘘じゃない。自分でもしっかり見てみろ」

「見た」

これは嘘だ。あまりの羞恥《しゅうち》に、高柳は自分が着ているドレスを正視できずにいた。

「そんなチラ見じゃなく、目を見開いて真正面から見てみろ」

ティエンは高柳が摑んでいた手を腰にやって、乱暴《らんぼう》に立ち上がらせる。そして姿見の前に移動させた。

「どうだ？」

ティエンは、高柳の肩から顔を覗かせてくる。

「スタッフの話じゃ、これは女性用のドレスじゃないらしい。『男』用のドレスなんだそうだ」

「そうなんだ」

「平らな胸に添わせたレース。がっしりした肩の骨格を主張しないライン。腰までを綺麗なラインでシェイプして、そこから裾《すそ》へ向けてAラインで大きく広げている」

ティエンは両の手を上腕部から腰に這《は》わせていく。掌《てのひら》から伝わる温もりと露《あら》わになった首筋《くびすじ》を掠《かす》める熱い息が擽《くすぐ》ったい。

「そういや、ドレスの下、どうなってんだ？」

「下？」

「下着」

「それは……」

と、高柳が答えるよりも前に、ティエンは裾を乱暴にまくり上げてきた。

「ちょ……」

ドレスの下には、アンダースカートとしてパニエを着けていた。

「どうなってんの、これ」

「ワイヤが入ってて…ティエン……」

ティエンは高柳の説明などろくに聞かず、その場に屈《かが》んでパニエまで上げようとする。

「ちょっと、待っ……」

慌《あわ》ててスカートを押さえようとしても遅かった。

「随分《ずいぶん》と色っぽい格好だな」

ティエンはわざと扇情的《せんじょうてき》に唇《くちびる》を舐《な》める。

「今日こんなことになるなんて知らなかったから、トランクス穿《は》いてて……」

タキシードのときもラインが出てしまうのではないかとヒヤヒヤした。だが、さすがにパニエを履く段階で、あまりの不格好《ぶかっこう》さに下着をつけないことにしたのだ。

どうせドレスを着ている時間は短いだろうし、パニエの上にドレスを着れば、下着をつけていないことなど、誰にもわからないと思っていた。

それなのに、まさかこんな形で、よりにもよってティエンにばれるとは思いもしなかった。

「もう、サイアクだ」

恥《はじ》の上塗《うわぬ》りをした気持ちになる。

「何でサイアクなんだ？　俺はいいと思うが……」

「ティエン……」

「たかやなぎ！　どこ？　たかやなぎ！」

ティエンの真意を確かめようとしたそのタイミングで、扉《とびら》の向こうからフェイロンの声が聞こえてきた。

「フェイロン。どうしたの？　僕はここにいるよ」

高柳が応じるや否や、控え室の扉が開き、フェイロンを抱いた先生が入ってくる。

「申し訳ありません。フェイロンがどうしても高柳のところへ行くと聞かなくて……」

謝罪《しゃざい》の言葉を口にしながら、先生は部屋の中を見回す。

「ティエン様もいらっしゃったのでは？　声が聞こえていたのですが」

「あ、え、と」

高柳は咄嗟《とっさ》に裾に潜《もぐ》り込んだティエンごと、ドレスを元に戻していた。

「ちょ、っと、お腹の調子が悪いからって、トイレに」

「体調がお悪いのですか。薬はありますか？　医者には……」

「食べ過ぎただけだと、本人が！」

余計なことを言うなと言わんばかりに、ティエンは高柳の太腿《ふともも》を軽く抓《つね》ってくる。

そんな場所で身動きされると、どうにもたまらない気持ちになる。

「それならいいのですが……」

「たかやなぎー」

まるで救世主《きゅうせいしゅ》のように、フェイロンが高柳に抱っこをせがんで先生の言葉を遮ってきた。

「フェイロン、くる？」

いつもの癖《くせ》で手を伸ばそうとしたとき、足の間で露わになっている高柳自身の先端《せんたん》に、生温《なまあたた》かいモノが触れてきた。

「………っ！」

叫ばずにいられたのは奇跡《きせき》だ。高柳はギリギリのところで声を堪《こら》え、フェイロンに向かって伸ばそうとした腕を引き戻す。

「どうしました？」

「このドレス、汚《よご》す前に着替えないといけなくて……」

その言葉で初めて、先生は高柳がドレス姿であることに気づいたらしい。

「これは失礼。フェイロン様、また後にしましょう」

「たかやなぎ、きれい」

フェイロンは珍《めずら》しく、すぐに納得したように頷《うなず》いて、高柳を見て素直に誉《ほ》めてくれる。

「ありがとう」

満面《まんめん》の笑みに癒《い》やされつつも、ドレスの中ではティエンがここぞとばかりにいたずらをしかけていた。

ただ舐めるだけでは飽《あ》き足らず、口の中に含《ふく》んだだけでなく、その後ろの場所に指を伸ばしてきていた。

小刻《こきざ》みに内腿を震わせながら、必死に繕った笑顔で先生とフェイロンを見送る。そして扉が閉まるのを待って、足の間にある男の頭を太腿で勢い良く締めつけた。

「おい、智明。手加減《てかげん》しろ」

呻《うめ》き声が聞こえてきてやっと、高柳はティエンを解放すべく足の力を緩めて、ドレスの裾を捲《めく》った。

「マジで息ができなくなるかと思った」

「僕だって息が止まるかと思うほどに、ひやひやさせられたんだけど！」

目一杯《めいっぱい》文句をぶつけるものの、この格好ではいかんせん迫力《はくりょく》に欠ける。

「しょうがないだろう。俺の大好物が目の前にあれば食わずにいられない」

ずれた眼鏡《めがね》を外《はず》しながら、艶《つや》のある視線を向けられる。

「お前だって、まんざらじゃなかっただろう？　少し舐めただけで、ガチガチになってた」

ドレスの下の状態を詳《つまび》らかにされて、高柳の体に電流のような欲望が走り抜けていく。

「それはティエンが余計なことをするから」

「余計なこと、か。ま、いいけど。で、どうする？」

「どうするって」

「そのドレス、着替えるんだろう？　お誂《あつら》え向きのように、ベッドもバスルームもある」

何を言われているか、確かめずとも明らかだ。呼吸が荒《あら》くなる。

「でも、もう、時間が」

「ヨシュアの奴が、勝手にセッティングした時間だな」

ティエンは意地の悪い笑みを浮かべる。

「それに、俺は体調不良らしいからな。一回やっといたところで誰も文句は言わないだろう」

甘い誘《さそ》いを断る術《すべ》など、高柳は持ち合わせていなかった。

ヨシュアが勝手にセッティングした披露宴《ひろうえん》会場では、体調不良により遅れている主役の二人を待つ間、ハマダさんたち渾身《こんしん》のウエディングフォトの数々が流されていた。

ＥＮＤ

LOVERS COLLECTION

創刊17周年
おめでとうございます!!

月日の経つ早さに驚かされます。
18年、19年、そして20年とお祝いできますように!
毎年同じ事ばかり申し上げていますが、
創刊当時から変わらぬ濃密で濃厚な世界観を、
これからも楽しみにしています。

ふゆの仁子

17TH ANNIVERSARY

龍の恋炎
ラフ画特集

CHIHARU NARA Presents

ラブコレ17②
背 ダナン
リゾートビーチ風。
指輪
下
高
指輪キラリ☆
岩

服はP5より。
酔い漫符入れたいでは。
ごきげん。
バッグも持ってあげようとするけど頑なにははなさない…！
サングラスははずしても？
ホーチミンの夜っぽく。

8
路地裏
夕空
リング×2ペア
ティエン
高柳
先生
フェイ
レオン
梶谷
テ D絵と同じような。
高につられて破顔する
アオザイ(WOMEN)
黄色・蓮の刺繍

ファム
何歳くらい予定でしょうか?
ティエンと同じくらい?
黒(目も)
memo
まゆ太!

輪してます
ネックレスはなし)
鏡
花
(白)
?
刺
エイと
先生
(スーツ)
ドレス透かし。
ヒール

裸電球
夜?
オープンレストランで
＊モブ数組
口絵と同服
貝
MENU
BEER+貝料理・海老の串刺し・サラダ・肉の香草焼き

シャワー
⑥
ちくびも
いじる。

ビリビリ
効果アリ

MEMO
鼻ツン来たみと
5
手のびてくる
黒ジャケットとTシャツ
カウンター・グラス
白Yシャツ・らく
アオザイ(MEN)
色と柄お願いします
ちゃんと

お手数ですが
切手をおはり
下さい。

郵便はがき

1 0 2-0 0 7 5

東京都千代田区三番町8-1
三番町東急ビル6F

㈱竹書房　ラヴァーズ文庫

「ラブ♥コレ17thアニバーサリー」

愛読者係行

アンケートの〆切日は2022年4月30日当日消印有効、発表は発送をもってかえさせていただきます。					
				B	C
A	芳名《フリガナ》			年齢　　歳	男・女
D	血液型	E	ご住所　〒		
F	ラヴァーズ文庫ではメルマガ会員を募集しております。○をつけご記入下さい。 ・下記よりご自分で登録　　・登録しない（理由　　　　） ・アドレスを記入→				
G	メールマガジンのご登録はこちらから LB@takeshobo.co.jp （※こちらのアドレスに空《から》メールをお送り下さい） ←携帯はこちらから			購入方法	・書店 ・通販 ・その他 （　　　　）
※いただいた御感想は今後、「ラヴァーズ文庫」の企画の参考にさせていただきます。 なお、御本人の了承を得ずに個人情報を第三者に提供することはございません。					

「ラブ♥コレ17thアニバーサリー」

ラヴァーズ文庫をご購読いただきありがとうございます。2021年新刊のサイン本(書下ろしカード封入)を抽選でプレゼント致します。(作家：秀 香穂里・西野 花・いおかいつき・奈良千春・國沢 智)帯についている応募券2枚(11月、1月発売のラヴァーズ文庫の中から2冊分)を貼って、アンケートにお答えの上、ご応募下さい。

H	●ご希望のタイトル ・蜜言弄め／西野 花　・ラブコレ17thアニバーサリー ・発育乳首～白蜜管理～(仮) / 秀 香穂里　・飴と鞭も恋のうち～Fourthメイクラブ～(仮) / いおかいつき
I	●好きな小説家・イラストレーターは？
J	●ご購入になりました本書の感想をお書きください。 タイトル： 感想： タイトル： 感想： 応募券を貼って下さい　応募券を貼って下さい
K	●プレゼント当選時の宛名カードになりますので必ずお書きください。 住所 〒 氏名　　　　　　　様

ラヴァーズ文庫11月の新刊

好 評 発 売 中 !!

小説家と漫画家はベッドで甘い牙を剥く

「蜜言弄め 〜小説家と漫画家に言葉責めされています〜」

著 西野 花　画 奈良千春

文学青年の安岐は、ストーカー男に襲われているところを、小説家の神原と、漫画家の柏木に助けられる。二人とも世間を賑わせているイケメン作家だ。ストーカー対策で、二人と恋人のふりをすることになった安 岐だが、いつの間にか本当の恋人のように扱われ、ベッドに押し倒されて——。「君の中を朝まで愛させてくれ」男たちが囁く甘い言葉に感じてきて、安岐のカラダが淫らに開いていく。

創刊17周年記念スペシャルBOOK!

「ラブ♥コレ 17thアニバーサリー」

秀 香穂里・西野 花・ふゆの仁子・いおかいつき・バーバラ片桐・犬飼のの・奈良千春・國沢 智

お楽しみ☆描き下ろし、LOVEのぞき見ピンナップ付き!! 2021年発売の新作&人気シリーズ8作品のスペシャルSS、キャララフ、ショートマンガを掲載。

「甘噛乳首」「リロードシリーズ」「飴と鞭シリーズ」

「龍の恋炎」「オメガの乳雫」「薔薇の宿命シリーズ」

「舐め男〜年上の生徒にナメられています〜」

「蜜言弄め〜小説家と漫画家に言葉責めされています〜」

竹 書 房

Sweet ミルク そんなに乳首触ると出てしまう

［オメガの乳雫］

著 バーバラ片桐　画 奈良千春

ベータからオメガに突然変異した瑛斗は、発情に流され、会社の重役のアルファとHしてしまう。しかも感じると、瑛斗の乳首からミルクが出てきて!! 波乱の予感。エリートアルファと過ごす溺愛生活♥

＊読者の声＊

ミルクが出るとか、BL魂に火がつき、一気に読んでしまいました！ カラーページもすてき♥ （宮城県／R・Iさん）

スパダリと乳のペアは、もはや王道♥ 次回も楽しみ!!　（奈良県／M・Kさん）

お前だけを愛してる この感情は罪か

［ギルティフィール］

著 いおかいつき　画 國沢 智

敏腕刑事の一馬と、科捜研の新鋭・神宮。ふたりは恋人同士だが、どちらが相手に「抱かれるか」で日々、攻防を繰り返している。そんな時、一馬と有名モデルの熱愛がスクープされてしまって!? 恋人は浮気している？ 神宮の怒りの炎が燃え上がる!!

＊読者の声＊

連載15周年おめでとうございます！ 二人の愛もますます強まり楽しませて頂いてます♥　（愛知県／M・Kさん）

シリーズ15周年、ずっと続けて欲しいです。國沢先生のイラストもとても好きです!!　（東京都／Y・Mさん）

Bitter or Sweet
LOVERS INFORMATION
2021 11
ラヴァーズインフォメーション
LOVERS COLLABO CAFE
illustration
Chiharu Nara

2度あることは3度4度!?
祝★ラヴァーズさん17周年★奈良千春
囚われの身ではどうすることも出来ません…
カシャ
♥ティエン
お二人の愛のメモリー
こうして絶望に打ちひしがれる高柳様でしたが
そこへ現れたのがっ
カシャッ
白馬の王子様ならぬ赤龍の王子ティエン様だったのです!!
ぶはっ
なんという巡り合わせでしょう〜…
せ…せきりゅうのおうじさま…っw
プル
プル
〜…は〜…
レオンっ
プル…
耐えろ
ぷぷぷ
しかも大筋は合ってんのがまた…
ハマダさんおもしれえ
〜…
フェイロン様
プリンはもうよろしいのですか?
アレいつまで見せられるんだ俺ら…
さすがにもうエンディングだと思いたいが…
むく…
…ぞい
え?
〜…ううう決意したです
なにかあたんだ
おそすぎるもん
むかえにいくっ
ここからはお二人の愛のメモリー第五幕をお送りいたします
お手元にはどうぞハンカチをお忘れなく!!
ガタ
ガタッ
たかやなぎはまだっ!?
高柳様は今お着替え中ですから
もう少し待って
や!!!
コラコラいけませんよ
さて、皆々様
確かにあの二人遅すぎるな…
フェイロン君私が様子を見てくるよ
そーでしょっ
逃げたな英介
おねがいねっ

コンコン
二人とも フェイ君が 湯あたりを起こして いるんだが
そろそろ 出れない だろうか？
しん……
キィ…
…高柳？
ティエン いないのか？
何だ これ
ドレス… いやパニエか？
なぜ こんな物が 床に…
が あ
う
ん
痛っ…
ガッ
ガバッ
ララッ
大丈夫か 高柳っ!?
レ…
失礼!!!
ぺしゃっ
バタバタ
…ティ、ティエン？ ここのシチュエーション すっごいデジャヴ……
次は誰に 見せつける？
俺のもんだって
ニヤ ニヤ
〜〜っっ
ぴゃアッ!!
フェイ君、 高柳はちょっと その・おなか ピーピーでな
察し。

ロマン主義
いおかいつき
illustration國沢 智
一番嫌いな
一番の理解者

ロマン主義（リロードシリーズ）

仕事から帰ってきて、シャワーを浴びてすっきりしたところだった。静かだった室内にインターホンが鳴り響《ひび》く。

午後九時を過ぎている。こんな時刻《じこく》に連絡もなく訪ねてくるのは、ただ一人しかいない。

神宮聡志《じんぐうさとし》は相手を確認することなく、ドアを開けた。

予想どおり、そこには恋人である河東一馬《かわとうかずま》が立っていた。一馬しかいないとは思っていたが、一馬は三日前に発生した強盗事件《ごうとうじけん》の捜査《そうさ》で忙《いそが》しいと聞いている。だから、この三日、会っていなかった。

「なんだ、もう捜査は終わ……」

最後まで言い終えることができなかった。一馬がいきなり神宮にもたれかかってきたからだ。

「おいっ」

神宮は咄嗟《とっさ》に受け止めたものの、その衝撃《しょうげき》で足が後ろへとずり下がる。

「……悪い……もう限界だ」

肩口から一馬の力のない掠《かす》れた声がする。

重なり合った体が冷たい。一馬の全身が濡《ぬ》れそぼっている。これが一馬をこの状態《じょうたい》にした原《げん》因《いん》だ。

午後になって降り出した雨のせいで、神宮も帰宅の際に濡れてしまったが、ここまでではなかったし、すぐにシャワーも浴びた。だが、一馬は違う。スーツに雨が染み渡り、冷たくなっている。いつからこの状態になっていたのだろうか。

「しっかりしろ」

一馬を叱咤《しった》しつつ、体を支えて、奥へと移動する。とにかく濡れた服を脱《ぬ》がさなければならない。できるなら風呂に入れて体を温めるのがいいのだが、この様子では無理そうだ。

神宮は一度、一馬をダイニングの椅子《いす》に座らせた。

「自分で脱げるか？」

神宮の問いかけに、一馬はのろのろと手を動かし始める。けれど、力が入らないのか、ジャケットすら脱げないでいる。

神宮は一馬の手を止め、代わりに手早く脱がしていく。濡れている分、いつもより脱がせづらいが、抵抗されないから時間はかからない。

「どうして、こうなったんだ？」

「張り込みしてたら降ってきたんだよ。雨を避《さ》ける場所もなかったし……」

力のない声で、一馬がぼそぼそと答える。

「それで容疑者《ようぎしゃ》は確保したのか？」

そうでなければ、一馬はここにはいないはずだが、念のために確認する。

「当然だろ。署《しょ》に連行したら、気が抜けたのか、一気に来た」

明らかに体調の悪そうな一馬に、後は任せて早く帰れと課長《かちょう》に追い返されたのだと、ゆっくりとした喋《しゃべ》り方になりながらも、一馬は説明した。

「風呂には入れるか？」

「いい。寝る」

一馬が短く答える。

「昨日、寝てないんだよ」

一馬がそう言って、立ち上がった。ベッドに行こうとしているのだろう。立ったついでにと、神宮は一馬の残っていたスラックスと下着をずりさげた。

一馬自身、寝るのに邪魔《じゃま》だとわかっているからか、素直に足を上げ、足下にまとわりつく濡れた衣服を取り去った。その間もふらつくのか、ずっと神宮の肩を摑《つか》んだままだ。

全裸《ぜんら》になった一馬を支えると、肌が芯《しん》から冷え切っているのがわかる。とりあえず、ベッドに寝かせてから、布団《ふとん》を一枚追加したほうがよさそうだ。

ベッドのそばまで行くと、一馬が自分から倒れ込んだ。立っているのが辛《つら》かったのだろう。

布団をかぶろうとモソモソ動く一馬を横目に、神宮はクローゼットを開ける。客用の布団などないから、時期は早いが毛布を引き出す。

「何やってんだ？」

力ない声が背中にかかる。

「それだけじゃ、寒いだろう」

神宮はそう答えて、取り出した毛布を手に振り返る。

「お前は、ホント、そういうとこだよ」

「何を言ってるんだ？」

ついに朦朧《もうろう》とし始めたのかと、神宮は胡乱《うろん》な目で問いかけた。

「こういうときは裸《はだか》で暖めるもんだろうが」

自分で言ったことがおかしかったのか、一馬はにへらっと笑う。

一馬が馬鹿な冗談《じょうだん》を口にするのはよくあることだが、それにしても、今日は格別に馬鹿馬鹿しい。寒さで頭が麻痺《まひ》したのか、それとも熱でおかしくなったのか、どちらにせよ、思いついたことをそのまま口にしているようだ。

「お前は雪山で遭難《そうなん》でもしたのか」

それでも軽口をたたけるだけの余裕はあることに、神宮は安堵《あんど》して、呆《あき》れ顔で言い返した。

「ロマンだろ。こんなチャンスは二度とないって」

一馬が終始ヘラヘラと笑っているのは、熱があるからに違いない。だが、言っていることは確かだ。人並《ひとな》み以上の体力があって、持病もない健康体の一馬が、体調を崩《くず》すのは滅多《めった》にないことだ。

「ロマンか……」

神宮はふっと笑ってから、シャツのボタンに手をかけた。

「お前もやっとロマンがわかったか」

「病人を寝かしつけるためだ」

神宮はそっけなく答えつつも、ボタンを外したシャツを脱ぎ捨て、下肢《かし》からも全てを脱ぎ去った。そう、全てだ。

「大サービスだな」

一馬の視線を股間《こかん》に感じる。熱もあって体調が悪いはずなのに、一馬はこんな状況《じょうきょう》でも楽しんでいるように見えた。

「そうでもないぞ」

神宮はベッドのそばまで行き、一馬を見下ろす。熱のせいで上気した頬《ほお》と潤《うる》んだ瞳《ひとみ》が、一馬を別人のように見せていた。

「隣《となり》に裸の俺が寝てようが、今のお前じゃ、勃《た》たないだろう?」

神宮が笑みを浮かべて指摘《してき》すると、熱に浮かされた頭ではそこまで考えが及《およ》ばなかったのだろう、初めて気づいたように、一馬は目を見開く。

「拷問《ごうもん》だ」

唸《うな》るように言った一馬に、神宮は笑いを押し殺す。

「お前が望んだことだ」

神宮はそう言ってから、少し布団をめくり上げ、そこから一馬の隣へと体を滑《すべ》り込ませた。神宮が完全に体を横たえた途端《とたん》、すぐに一馬が体を寄せてきた。暖を取るために自然と体が動いたようだ。体を横向け、半身を神宮に被《かぶ》せてくる。

こうして密着してみると、一馬の体が冷えきっていることがより伝わってくる。神宮はもっと暖められるようにと、一馬の背中に手を回した。

人肌《ひとはだ》の暖かさが心地《ここち》よかったのか、寝不足と疲れもあったのだろうが、一馬からはすぐに寝息が聞こえてきた。

「いくら体力に自信があっても、無茶をしすぎだ」

神宮は一馬の背に回したのとは反対の手で、一馬の髪に指を絡《から》める。まだ少し湿《しめ》り気《け》を持っていて、せめてこの髪を乾かすくらいのことはすればよかった。けれど、今は動けない。せめて一馬が少々の音では起きないくらいの深い眠りにつくまでは、このままでいるしかない。

静かな部屋の中、微《かす》かに聞こえる一馬の寝息だけを感じながら、神宮もそっと目を閉じた。

◇　◇　◇

気持ちいい……。体の奥から快感《かいかん》が広がっている。

知らず知らず一馬の口からは甘い息が漏《も》れていた。それでも、まだ覚醒《かくせい》しておらず、一馬は夢の中にいるような気がしていた。

「ふっ……あ……あぁっ……」

緩《ゆる》やかな快感の中にいた一馬を急に激しい快感が襲《おそ》った。中から奥を突き上げられ、一馬はようやく完全に目を見開いた。

一馬の視界に映るのは、自分に覆《おお》い被さる神宮の姿。神宮は広げた一馬の両足をそれぞれの手で抱え、腰を押し進めている。何をしているのか、寝起きの一馬にもすぐにわかった。一馬がずっと感じていた快感は、神宮に中を犯されることで与えられていたのだ。

「お前っ……」

「やっと起きたか」

目が合った神宮は、責めるような一馬の視線にもニヤリと笑って返す。

「なかなか起きないから、このままだと抜かずの三発なんてことになりかねなかったぞ」

神宮の不穏《ふおん》な言葉に、一馬は思わず首を曲げ自身の体を見下ろした。

外からではわからないが、神宮が軽く腰を揺さぶると、ぬちゃっと滑った音が響いて、既《すで》に中で出されていることに気づかされる。

「寝ているお前を犯《おか》すのも反応が素直で楽しかったが、やはり、その目が俺を見ていないのはつまらない」

その言葉どおり、一馬が睨《にら》み付けているというのに、神宮は満足そうに笑っている。

「お前も起きたことだし、そろそろ本気を出すぞ」

「おい、俺は病人だ」

すぐに動こうとしてくる神宮の胸に手を突いて、一馬は必死で押しとどめる。

眠りにつく前のことは覚えている。徹夜《てつや》明けで張り込みをして雨に降られたのだ。時間とともに体調が悪くなっていくのを感じ、ふらつきながら神宮の部屋まで辿《たど》り着いた。その後のことも記憶は鮮明《せんめい》だ。弱っている一馬のために、神宮が裸でベッドに入ってきた。あの気遣いはどこに行ったのか。

「もう体調は戻ったはずだ。熱もなかったしな」

どうやら神宮は、一馬が寝ている間に体温まで計っていたようだ。一馬を抱くためなら、ことんマメになる男だというのはわかっていたのに、やはり昨日は熱でまともな思考ができなくなっていたのだろう。

元々が健康体だからなのか、一馬はほとんど病気になったことも、不調が長引くこともなかった。それが今は仇《あだ》になった。

「は……あぁっ……」

待ちきれなかったのか、神宮が腰を揺さぶった。その刺激に一馬の口から自然と声が上がる。

一馬の中で存在感を主張している屹立《きつりつ》がなければ、神宮を押し返せた。はねのけられた。けれど、こうもしっかりと中まで押し込まれていては動けない。

神宮は軽く腰を使いながら、一馬の胸元へと手を伸ばす。

「あっ……」

胸の尖《とが》りを指で摘《つ》まれ、ビクリと体を震わせ、思わず中にいる神宮を締め付けてしまった。

「さっきとは反応が違うな」

神宮が満足げな笑みを浮かべ、指先で尖りを擦《こす》り合わせる。

寝ている間とはいえ、快感を与え続けられた体は、過敏《かびん》になっている。強い刺激でもないのに、胸を弄《いじ》くられ、一馬は腰を揺らめかす。

胸を弄り始めてから、神宮は全く腰を使っていない。ただ繋《つな》がっているだけだ。同じ男として、この状況で動かないでいるのが信じられない。

一馬が見つめる先で、神宮は笑みを浮かべたまま、一馬の胸を愛撫《あいぶ》している。じわじわと弱いながらも全身に快感が広がっていく。

「動……か、ない……なら……」

一馬は声を途切《とぎ》れさせながらも、神宮に訴《うった》える。早くこの状態を終わらせたかった。

「早く動けって?」

「誰がっ……ああっ……」

一馬の言葉をいいように解釈《かいしゃく》した神宮が、ぐっと腰を押しつけた。

「なんだ、やっぱり動いてほしかったんだな」

「違っ……うぅ……」

一馬は首を振って否定《ひてい》するも、勃ち上がった屹立が真実を伝える。

一馬の屹立はさっきから刺激を与えられ続け、限界にまで固くなっていた。先走りも溢《あふ》れだしている。それなのに、神宮がこんなに余裕の態度でいられるのは、既に一度、達しているからに違いない。

「違う？　それじゃ、どっちがいい？」

「何……？」

「乳首だけでイクのがいいか、尻《しり》だけでイクのがいいか」

何を問われているのか、すぐには理解できなかった。けれど、神宮は腰だけでなく、手の動きも止めたため、考える余裕が戻ってきた。

神宮の言いなりになって、そんな選択《せんたく》をするつもりはない。一馬は神宮を睨み付け、自らの屹立に手を添えた。

達することくらい、神宮に頼らなくてもできる。むしろ神宮に好き放題されている今は、意地でも神宮の手など借りたくなかった。

「んっ……ふぅ……」

自分のことは自分が一番よく知っている。手を動かせば、その気持ちよさに、自然と息が漏れる。

「相変わらず、素直じゃないな」

フッと神宮が小さく笑う。もちろん、だからといって、神宮がそのまま一馬の自由にさせるはずもない。

一馬の両太腿《ふともも》の裏に改めて、それぞれの手を添えたかと思うと、いきなり大きく割り開いた。それだけでも羞恥《しゅうち》が半端《はんぱ》ないのに、神宮はさらに太腿を摑んだまま膝《ひざ》立ちになった。当然、一馬の腰も持ち上がる。

一馬は咄嗟《とっさ》に屹立から手を離し、体を支えようとベッドに手を突く。

「こうすると、お前が俺を美味そうに咥《くわ》え込んでるところが見えるだろう?」

一瞬だけ目に入った、その生々《なまなま》しい光景を見たくなくて、一馬は目を閉じる。

「あっ……ああっ……」

引き抜かれる感覚の後、一気に奥まで押し込まれた。しかも上から押し込まれるような体勢になったせいか、より深くまで呑《の》み込まされる。

「随分《ずいぶん》と気持ちよさそうだな。こっちが正解だったか」

神宮はそう言いながら、さらに腰を押しつけてきた。

もう無理だと言いたくても、言葉にならない。神宮が腰を押しつけるたびに押し出される声は、ただ快感を訴《うった》えることしかできなかった。

神宮もそれほど余裕はなかったのだろう。さっきまでの態度が嘘《うそ》のように、激しく腰を使ってくる。

揺さぶられる体を支えるために、両手はシーツを握《にぎ》りしめていて、屹立に触れることができない。神宮の腰の動きに合わせて揺れるだけだ。それでも、確実に高みへと向かっていた。

「もう……イクっ……」

一馬は限界を訴える。自分ではどうにもできないから、神宮に頼むしかなかった。

「ああ、俺もだ」

一馬に答える神宮の声にも余裕はない。

神宮が片方の手を離し、その手を一馬の屹立に絡ませる。

「う……くぅ……」

奥を突かれるのと同時に、屹立を扱《しご》かれ、一馬は迸《ほとばし》りを解き放つ。そのすぐ後、一馬の中に熱いものが広がる。神宮もまた達したことがわかった。

解放感と脱力感で動く気になれない一馬に、神宮が繋がったまま覆い被さってきた。

顔が近づいてくる。一馬はそれを押しのけることなく迎《むか》えた。

唇が触れ合い、舌先がそれを割ってくる。一馬は口を開き、神宮の舌に自らの舌を絡めた。

神宮とのキスは、他の誰とするより心地いい。さっきまで神宮に怒りを覚えていたのに、唇が触れた瞬間、それを忘れた。もっと神宮と口づけていたい。そんな気持ちだけが湧《わ》き起こってくる。

長い長いキスを終え、ようやく顔が離れると、至極《しごく》満足げな表情を浮かべる神宮がいた。

「これも、起きてるときにするものだな」

「寝てるときもしたのかよ」

「当然だろう」

神宮が欠片《かけら》も悪びれた様子を見せずに言い切った。

その様子に呆れた一馬は溜息《ためいき》を吐《つ》く。その拍子《ひょうし》にまだ中に入ったままの神宮を締め付けてしまった。

「早く抜け……」

一馬は快感を拾わないよう、顔を顰《しか》めて神宮に命令する。この状態のままでいるのは危険だ。神宮がいつまたその気になるかしれない。

「いいのか？　栓《せん》をしておかないと、溢れ出るぞ」

神宮は上半身を起こしたものの、まだ繋がったまま、口元に笑みを浮かべて問いかける。

何が溢れ出るのか、神宮は視線で一馬に教えた。一馬と目を合わせた後、二人の結合部に視線を落としたのだ。

二度も中で出されて、それがまだ残っているのは指摘されなくてもわかっている。それでも、羞恥で顔が熱くなるのは止められない。

「知るか。どうせ掻《か》き出すんだ」

一馬は苦々《にがにが》しげに吐き捨てた。何かが溢れ出たところで、汚《よご》れるのは神宮のベッドだ。悪いのは神宮なのだから、後始末も神宮がすればいい。

「随分と機嫌《きげん》が悪いな」

神宮はそう言って肩を竦《すく》めると、ゆっくりと萎《な》えた自身を引き抜いた。その刺激が一馬を震わせるが、どうにか反応せずに済んだ。

「……っ……」

神宮の言ったとおり、引き抜かれた途端、中から何かが零《こぼ》れ出た。その感覚には顔を顰めずにはいられなかった。

「だから、言っただろう」

神宮は呆れたように言った。

「風呂の用意はできてるぞ」

「準備のいいことで」

嫌《いや》みを込めて言ったのに、神宮には響かない。神宮は先にベッドから降りると、

「まだ六時だ。ゆっくり入れるぞ」

一馬にもわかるように腕時計を差し出してみせた。

「まだ六時？　お前がおかしなことをしなきゃ、もっと寝られたじゃねえか」

今日も仕事だが、九時までに顔を出せばいいのだから、まだまだ余裕がある。最近、寝ていなかった分も寝たかったと一馬は不満をぶつける。

「もう充分に寝ただろう。十時間は寝てるはずだ」

「寝られるときには寝ておきたいんだよ」

一馬は顔を顰めるものの、この状態で二度寝する気にはなれない。早く中を綺麗《きれい》にしたくて、一馬はゆっくりとベッドから降りた。そして、バスルームへ向かう一馬の後を、当然のように神宮がついてくる。

「お前は来なくていいよ」

「一人では大変だろう。病み上がりなんだから」

「その病み上がりに何をした？」

一馬は足を止め、振り返って神宮を睨む。その視線を受けた神宮は軽く肩をすくめると、

「お前がロマンなんて言い出したのが悪い」

一馬には意味のわからないことを言い出した。

「ロマン？」

「お前が言い出したんだろう？　裸で抱き合って、暖を取るのは男のロマンだってな」

眠りにつく前のぼんやりとした記憶の中に、確かに、それはあった。自分がきっかけだったのかと、一馬はうんざりして溜息を吐く。

「睡姦《すいかん》も男のロマンだと思わないか？」

「そんなのロマンじゃなくて、おかしな性癖《せいへき》だ」

一馬は嫌な顔をして、神宮の言葉を否定する。また反論してくるかと思ったが、

「確かに、そうだな。起きてるときのほうが遙《はる》かに楽しい」

神宮は頷《うなず》きながら同意した。

「わかったら、二度とするなよ。安心して寝られなくなる」

釘《くぎ》を刺《さ》してから、一馬は歩き出そうと足を踏み出した。

「く……っ……」

中からまた零れ出てきた。一馬は動きを止め、その不快感に表情をゆがめる。

その姿を眺《なが》めていた神宮は、やがておもむろに口を開く。

「自分で出したものを自分で掻き出す……というのも男のロマンだな」

「はあ？」

問い返す一馬に、神宮はニヤリと笑ってみせる。完全に悪いことを考えている顔だ。

「ロマンと言えば、なんでもできると思うなよ」

「男のロマンって、いい言葉だな」

一馬の抗議《こうぎ》など耳に入っていないかのような神宮を見て、一馬は悪い予感しかしなかった。

END

一番嫌いな一番の理解者（飴《あめ》と鞭《むち》も恋《こい》のうちシリーズ）

「ありゃ、晃紀《あきのり》、寝ちゃったよ」

ソファに座る佐久良晃紀《さくらあきのり》を見下ろし、若宮陽生《わかみやはるき》が呟《つぶや》いているのを、望月芳佳《もちづきよしか》はバスルームからリビングに戻ったところで耳にした。

「一人で放っておいたんですか？」

望月は目を細め、若宮に尋ねる。

仕事終わりに、三人一緒に佐久良のマンションに帰ってから、順番に風呂に入ることになった。一番年下の望月はいつも最後だ。その望月がシャワーを浴びている間、佐久良と一緒にいたのは若宮だった。

「ほんの五分だぞ？　晃紀のスーツとか片付けてただけだ」

責められる覚えはないとばかりに、若宮は不満そうに答えた。

相変わらずマメな男だ。若宮はとにかく佐久良の世話をしたくて仕方ないらしい。それが一切苦痛ではなく、喜びだというのだから、望月には理解できない。

「どうするんですか？」

「疲れ《つか》てたんだろうしなぁ。起きるの待つ？」

「若宮さんだけそうしてください」

望月は若宮を押しのけ、佐久良の正面に立つ。そして、佐久良のパジャマの襟元《えりもと》に手を伸ばした。

「おい、起こすのかよ」

「起きるかどうかは晃紀さんの自由です。俺は約束を果たしてもらうだけなんで」

若宮が止めようとも、望月の意思は変わらない。事件《じけん》の捜査中《そうさちゅう》はセックスをしないと言い渡されていたから、捜査が終わる日を楽しみにしていたのだ。佐久良もそれをわかっていて、二人をマンションへ招《まね》いたくせに、寝てしまうのは予想外だった。

「だったら、俺が先にする」

若宮が望月の肩を摑《つか》んで、後ろへと下がらせた。

「お前の抱き方は荒《あら》っぽいから、すぐ起きるだろ」

「俺じゃなくても、さすがに起きますよ」

望月も従うつもりはないと若宮を睨《にら》む。

途中で起きるのなら、寝ている間に挿入《そうにゅう》できるのは一人だけだ。起きるのを待つと言っていた若宮には、その立場は譲《ゆず》れない。

「こういうときは先輩に譲るもんだろ」

若宮の主張に、望月は鼻で笑う。

「先に生まれたってだけでしょう。敬《うやま》うところも何もないし」

「ああ？」

望月の挑発《ちょうはつ》に若宮がすぐさま反応する。二人は近い距離で睨み合った。けれど、それはそう長くは続かなかった。

「うん……？」

身じろいだ佐久良が小さな声を漏《も》らした。

望月と若宮が動きを止めて見つめる中、佐久良がゆっくりと目を開ける。

佐久良は状況《じょうきょう》を理解するためか、望月と若宮、それぞれの顔を見比べた。

「すまない。寝てたんだな」

すぐに理解した佐久良が申し訳なさそうに謝罪《しゃざい》する。

「それだけ疲れてたってことだから」

「気にしないでください」

若宮も望月も、何事もなかったかのように答えたが、本心は違う。何しろ、寝ている佐久良を犯《おか》すせっかくのチャンスだったのだ。残念に思う気持ちは止められない。

「何かあったのか？」

勘《かん》の鋭《するど》い佐久良が、望月と若宮、二人に向けて尋ねた。若宮はともかく、望月は完全に残念がる気持ちを隠せているつもりだった。それがすぐにバレてしまうとは、さすが佐久良だ。

「いえ、若宮さんが待ちきれないから、風呂で抜いてくるって言ってたところだったんで」

「お前、ばらすなよ」

望月が咄嗟《とっさ》に吐《つ》いた嘘《うそ》に若宮が乗ってくる。この場を乗り切りたいのは若宮も同じだった。

「そ、そうだったのか。悪かった」

少し恥ずかしそうに言いながら、佐久良が目を逸《そ》らす。

どうやら上手くごまかせたようだ。育ちがいいからか、露骨《ろこつ》な下ネタが佐久良は苦手らしく、動揺するのはこれまでの付き合いでわかっていたから、それを利用した。

事実を告げなかったのは、寝込みを襲《おそ》おうとしたことを隠したいからではなく、そのせいで今後、佐久良が警戒《けいかい》して居眠りをしなくなることを避《さ》けたかったからだ。若宮も同じように思ったから、話を合わせてきたに違いない。

こういうときだけ打ち合わせもなく、息がぴったり合うのは、同じ男を愛しているからなのだろうか。

本当は若宮など排除《はいじょ》したい。佐久良を独《ひと》り占《じ》めしたかった。けれど、一人なら佐久良を手に入れられなかったことも、二人がかりだったから佐久良が落ちてくれたこともよくわかっている。わかっているからこそ、若宮を受け入れるしかないのが腹立たしい。

まだ顔を伏《ふ》せたままの佐久良に見えないように、顔を顰《しか》めた望月は、隣《となり》で同じように渋《しぶ》い顔をしている若宮に気づき、ますます眉間《みけん》の皺《しわ》を深くした。

END

LOVERS COLLECTION

ラヴァーズ文庫17周年
おめでとうございます！

今年もリロードの二人と飴鞭の三人を書かせていただきました。
本編よりも甘々なお話を考えていたはずが、書いてみれば本編よりも馬鹿っぽいです。
これもラブコレならではだと楽しんでいただければ幸いです。
ラブコレは一読者としても楽しみなので、また来年も続くことを願っております。

いおかいつき

17TH ANNIVERSARY

ギルティフィール

飴と鞭も恋のうち Third キス　ラフ画特集

TOMO KUNISAWA Presents

一馬(
ビールを取ろうとする左手.
〜待てないのか?」
「お前が悪い」

リロード表紙ラフ
ビショぬれ
2人
シャツ
スケてる

ピンナップ①

神①
いじわる顔
目線一馬
一馬の胸

⑧-2

飴と鞭も恋のうち～Third キス～

(身長差)
望の高さが合わないので
かがませてみました どうでしょう?

みなと
坂手がらく
ないですが

眉間のシワ／くにさわ とも

おい
静かにしろ
本条
はい
ああ、
その件ですか
?!
ふ
!?
がっ
…
…
珍しくピリピリしてんな本条さん…
今日は色々と立て込んでて
コッ
コッ
…本条さんにあんな顔させるってどんな相手だよ?
はい
はい
また連絡します
ふがっ
ふごごっ
(捜査協力の女じゃねーの)
コッ
本条さんモテますからね!
コッ
※ギルティフィール&特典SS参照
…なんだよ?
チッ
いや、別に…
早く帰ってくれ…
先パイが一番ですよー
A.吉見副総監 でした。
END!
ラヴァーズ文庫7周年おめでとうございます! 益々のご発展を願って!

辻岳慶一郎の策動
バーバラ片桐
illustration
奈良千春

「ふふ……」

自然と口から、笑い声が漏《も》れる。

姿見鏡《すがたみ》の前でネクタイの形を整えていたのは、ツジタケ製薬《せいやく》の執行役員《しっこうやくいん》、いずれはそこの代《だい》表取締役《ひょうとりしまりやく》になると、社の役員から目《もく》されている、辻岳慶一郎《つじたけけいいちろう》だ。

慶一郎が見回したマンションの室内は、二週間前とは見違えるように模様《もよう》替えされていた。

アルファである慶一郎の運命のつがいであり、乳首からミルクが出る稀少《きしょう》なオメガ、菅野《すがの》瑛斗《あきと》の好みを最大限反映《はんえい》させたためだ。

元々この室内にあったのは、イタリアの高級家具メーカーのものだ。生まれながらに実家に備わっていたその家具が、慶一郎の身体にはしっくりと馴染《なじ》んだ。最高品質の素材と、伝統《でんとう》技術を誇《ほこ》る品だ。

それでも、瑛斗の好みではなかったら完全に入れ替えようと思っていたのだが、人間工学に基づいた使い心地《ここち》の良さは、瑛斗にも合ったらしい。大きな家具はそのままであっても、ファブリックの色合いを変えただけで、すっかり若々しいイメージになっている。

別室には、瑛斗専用の部屋も作った。

本来ならば、慶一郎は寝室を分けたくない。大の大人が二人、どれだけ暴《あば》れてもびくともしない丈夫《じょうぶ》で大きなベッドが、慶一郎の部屋には備わっているのだから。

毎日、同じベッドで眠りたいし、愛《いと》しい相手の気配をいつでもどこかで感じていたい。

だが、問題なのは瑛斗がそれを受け入れないことだ。

——人慣れしない野良猫《のらねこ》ちゃん。

慶一郎は、そんなふうに認識している。

瑛斗は営業職であり、一見、人当たりがよく見える。だが、彼の同僚や友人は、いつでも瑛斗が一歩引いて他人と接していることに気づくはずだ。

恋人とも距離を置きがちで、今までそれで失敗してきたのだと、慶一郎は手に取るように理解している。瑛斗が直接話してくれたことはなかったが、彼の好みや過去を洗いざらい業者に調べさせたからだ。

——君のことは、何でも知ってる。……なぜなら、すべてを把握《はあく》したいから。

自分にここまでの独占欲《どくせんよく》があるとは思わなかった。だが、すべては瑛斗との同棲《どうせい》暮らしを成功させるためだ。そのためには、細かな好み——目玉焼きには、ソースなのか醤油《しょうゆ》なのか、はたまたケチャップなのか——まで、完全に把握しておく必要がある。自分のそばにいると、自然と心地いいと思ってもらいたい。

瑛斗の部屋には、瑛斗の体格に最適化させたベッドを置いた。スプリングの反発も、枕《まくら》の大きさも完璧だ。それに、部屋着も厳選《げんせん》してある。どんな肌触《はだざわ》りが好きなのか、彼が自分の家に滞在《たいざい》した一週間の間に、とっかえひっかえ着せ替えて直接把握した。

他にも、部屋に置いたものは厳選された品だ。

壁紙《かべがみ》やカーテン。ちょっと持ち帰った仕事を行うための机《つくえ》に、椅子《いす》にクッション。照明の強さや歯ブラシの硬さに至るまで、本人の自覚があるなしにかかわらず、最適なものをあつらえてある。

生理的な心地よさは、安住につながるからだ。

まだ瑛斗と一緒に暮らすことを切り出しはしないが、元の住まいから引き出すための準備もしてあった。彼と一緒に暮らすためには、どれだけの手間と金をかけてもかまわない。

――これで、準備は充分。

つがいになって、三週間。

今日は彼との初めての外デートだ。

おいしいものを食べた後に、この部屋に連れて帰る。この部屋の居心地がいいと思わせるために、外では瑛斗には少し落ち着かないと思わせるような高級な店を選びたい。そんな店は味がいいから、それで勘弁《かんべん》してもらおう。

いくつものプランを頭の中で巡《めぐ》らせながら、慶一郎はネクタイを結び終えて、鼻歌まじりに部屋から出た。

――男同士のデート。しかも、パーラー銀座の本店……！

それがどれだけハードルが高いか、慶一郎にはまるで自覚がないようだ。瑛斗は横にいる恋人を見て、そう思う。

いつ見ても、慶一郎は堂々としていた。

見るからにアルファといった特徴《とくちょう》を漂《ただよ》わせた、高い鼻梁《びりょう》に、彫《ほ》りの深い端整《たんせい》な顔立ち。アルファの中でも、慶一郎は特に美形だ。

身につけているのは、肩幅《かたはば》のある身体つきを一段と際立《きわだ》たせるような光沢《こうたく》のあるオーダースーツとなれば、どこで誰を相手にしても、臆《おく》することがないのだろう。

だが、瑛斗はそんな慶一郎と一緒に、パーラーに入るだけでも、落ち着かなくなる。

誰と何をしようが、慶一郎を見習って堂々としていればいい。そうは思うのだが、二十八歳のときにオメガとしての初めての発情期が来るまで、ずっと自分はベータのオスだと思って生きてきたから、何かと他人の視線が気になった。

男二人でパフェを食べるのも、どうにも気まずい。しかも、自分をエスコートしてくれるのは、どう見てもアルファの慶一郎だ。気づけばそっと手まで握《にぎ》られているし、向けられてくるとろけるような眼差《まなざ》しは、君が好きだとひたむきに伝えてくるものだ。

どこからどう見ても同棲カップルであり、しかも慶一郎が美形すぎるものだから、通り過ぎる人々がチラッと瑛斗にまで視線を向けてくるのがいたたまれない。

――それに……こんな高級なところにも、慣れないんだよ……。

営業職だから、仕事の息抜きや打ち合わせのために喫茶店《きっさてん》に入ることはある。だが、それは気楽な店ばかりだ。

いかにも高級店という設《しつら》えをしたパーラーの店内は、明るくきらびやかで、テーブルには真っ白なテーブルクロスが敷《し》かれ、テーブルとテーブルの間隔《かんかく》は驚《おどろ》くほど広い。

しかも、席まで案内する店員はとても丁寧《ていねい》だ。

「ずっと、ここに君を連れてきたいと思ってたんだ。ここのマンゴーパフェが絶品でね」

手元に置かれたメニューの中で目につくのは、今の季節限定だというマンゴーパフェだ。国内産のマンゴーをふんだんに使ってあり、おいしそうだ。

「マンゴーパフェにする？」

楽しげに、慶一郎が聞いてくる。その目は曇《くも》りなく瑛斗に向けられ、キラキラと輝いていた。

この男が、やたらと自分に甘いことは知っている。しかも、外でのデートをとても楽しみにしていたことも。

『外出は、苦手。おまえと一緒にいるのを親に見られたら、絶望死《ぜつぼうし》する』

当初は誘《さそ》われるたびに、瑛斗はそんなふうにすげなく返した。ベータオスとしてのメンタルを二十八年間維持《いじ》してきた瑛斗にとっては、自分が同性カップルの片割れとして他人から見られることに抵抗がありすぎた。

だけど、その居心地の悪さもだんだんと気にならなくなってくる。慣れるものなのだと、瑛斗はそんな自分に内心で驚いていた。慶一郎があまりにも嬉《うれ》しそうだからかもしれない。

——俺だって会いたくないわけじゃないし、おいしいものも食べに行きたいんだけど。

それでもまだ、同じオス同士ということに抵抗があるのだ。身体はすでに慶一郎が与える快《かい》楽《らく》にすっかり慣らされてしまったから、残るのは心の問題だけなのだが。

このパーラーに連れてきたのも、自分を喜ばせようとしているからだとわかっている。

瑛斗が発情期で慶一郎の家に世話になっていたとき、トロピカルマンゴー味の栄養補給ゼリーばかり好んでいた。そんな瑛斗を見て、いつかフルーツをふんだんに使ったパフェを食べさせたいと慶一郎は思ったらしいのだ。

——しかも、それを俺は、……こいつの元婚約者《こんやくしゃ》から聞いた。

どんな相手であっても、慶一郎は瑛斗のことでのろけるらしい。この調子では、誰に何を言っているか、わかったものではなくて気が滅入《めい》る。

瑛斗はツジタケ製薬の営業職なのだが、執行役員である慶一郎の執務室《しつむしつ》に行くたびに、秘書《ひしょ》の態度が微妙《びみょう》に変化していくのを感じている。特に気になるのは、その表情だ。『ああ、この人が、こんなことを』という確認をしているような視線なのだ。

「はぁ」

小さくため息をついたのを、慶一郎は聞きとがめたらしい。

「どうした？　こういう店は苦手か？」

「苦手。どうしておまえと、一緒に来なければならないのかと思っている」

慶一郎はやたらと押しが強いから、言うべきときはしっかりと伝えたほうがいい。

慶一郎は組んだ指を口元に近づけた。

「だけど、食べさせたくて。おいしいから」

愛しげな笑みに、目を奪《うば》われる。

財力と権力のある相手に甘やかされるのは、本当にマズいと思う。

どこかで箍《たが》が外《はず》れたら、自分は彼にどれだけ金を使わせ、我《わ》が儘《まま》を暴走《ぼうそう》させるかわからない。

どこまで自分を甘やかすつもりなのか、彼の我慢《がまん》の限界を探ってしまいそうな危うさがある。

だけど甘えていいのだと、瑛斗に言い聞かせる声もどこかにあった。

まだ探り探りだったが、慶一郎のそばは居心地がいい。

そんなふうに、気づき始めてもいた。


慶一郎の手が乳首に伸びてくる。

その動きを、瑛斗は敏感《びんかん》に感じ取った。発情しているときとは違って、今は全くの平常時だから、熱に浮かされた状態《じょうたい》というわけではない。

なのに、身体が芯《しん》のほうから火照《ほて》っていた。慶一郎とデートしていると、その眼差しにあぶられ、さりげなく身体が触れあうことで、少しずつ発情していくような気がする。

パーラーから、夕食の場へ。それから軽く飲んで、慶一郎の部屋に移動した。連れて行かれたのはどこも高級店すぎて、すごく料理はおいしかったが、落ち着かないところでもあった。

だから、慶一郎のマンションに戻ったときにはホッとした。アルコールに酔《よ》った気持ちよさに流され、気づけば裸《はだか》でバスルームにいた。だけど、ここの風呂の気持ちの良さには脱帽《だつぼう》してしまう。

頭皮を心地よくマッサージするシャワーの水流や、湯に溶《と》けこんだバスキューブのたまらない芳香《ほうこう》に骨抜《ほねぬ》きになる。

風呂から出たら冷たい飲み物が用意されており、また軽く飲んだ後、ごく自然にベッドへと連れこまれたのだ。

バスローブ姿でベッドに座る瑛斗の前に屈《かが》みこみ、乳首をつまみ上げながら慶一郎が言ってくる。

「ミルクは発情期にしか出ないはずだと思ってたんだが、分泌《ぶんぴつ》の仕組みを考えていたら、新たな可能性に思い至った」

「え？　ってことは、発情期とは関係ないのか？」

「関係ないとは言えない。報酬《ほうしゅう》系の神経伝達物質は、発情期だと出っぱなしみたいな状態になっているからな。とはいえ、ミルクを出すだけの充分な快感が得られれば、発情期でなくても分泌されるのではないか、という結論に至った」

確かめてみよう、などと続けられた。

瑛斗にとっても、どんな仕組みでミルクが出るのか、自分の身体ながら謎《なぞ》だったから、協力するのはやぶさかではない。だが、待てよ、と思ったのは、いつもよりも、よっぽど感じさせられるのではないか、と推測《すいそく》できたからだ。

だが、そのときにはベッドの中央部にまで連れこまれ、仰向《あおむ》けにされて、片方の乳首をくりくりと指先で転がされていた。そのぞくぞくに耐《た》えていると、もう片方の乳首に慶一郎の顔が近づいていく。

ちゅっと吸《す》われただけで、そこから電流が走るような強烈《きょうれつ》な快感が背筋《せすじ》を伝う。舌での暴虐《ぼうぎゃく》に合わせて乳首を引っ張られると、早くも甘ったるい声が漏れそうだ。

ものすごく切なくて強烈な快感を、ひたすら指と唇で乳首に与えられ続ける。そこから身体が溶けるほどの快感が広がっていく。

「今日はミルクが出るまで、ひたすらここをいじってもいいかな」

そんなふうに言われて、やっぱりか、と覚悟した。

乳首だけでイクのは、それだけ集中しなければいけないからひどくきつい。性器で達するのと違って、乳首や中だけでイクのは、それだけ快感の集積が必要らしい。その分だけイった後の快感も深いのだが、想像しただけで乳首がぞくっと張り詰めた。

返事はしなかったが、慶一郎はひくりと震えた身体の反応や、眉《まゆ》を寄せた表情からでも、瑛斗がそれを覚悟したことを見抜いたようだ。

「いいってことだな」

確認するように言われて、舌先で粒《つぶ》を転がされ、吸《す》われる。

乳首の快感はそこだけで終わることはなく、身体の芯まで疼《うず》かせ、性器まで硬くさせた。まだ下着を履《は》いたままなのに、そのあたりがきつくなり始めている。

乳首を舌で転がされ、その歯の硬さを感じ取るたびにじわりと先端《せんたん》から蜜《みつ》がにじみ出した。絶妙《ぜつみょう》な強さで指先でこね回されるのも、たまらない。

性器に触れられるときと、乳首からの快感はそれぞれ種類が違っていた。直接的な快感とは違って、乳首からの快感はじわじわと身体を内側から溶かしていく。

「つぁ、……っあ、……は……は……っ」

両方の乳首にランダムに与えられる快感に、頭がくらくらする。

身につけているのは、バスローブだ。薄手《うすで》の、肌触りのいいバスローブだったが、その下に下着をつけないと落ち着かない。バスローブはそれ一枚だけで着るものだと慶一郎には笑われるが、合わせの前を完全に開かれ、反対側の乳首を丹念《たんねん》に刺激され続けている。

イクまでひたすらそこだけしかいじってもらえないんだ、と思うと、そんな状況《じょうきょう》に興奮《こうふん》した。

刺激されつづけてギチギチに張り詰めた乳首に、軽く歯を立てられる。

絶妙に力加減された甘噛《あまが》みだったが、瑛斗が感じてきたのに合わせてチリッと一瞬だけ力が強めにこめられ、全身に電流が走ったようになった。

さらに甘噛みを繰り返され、気持ち良さに声が漏れる。

だけど、たくさん噛んだ後で、ごめんね、とでも言うかのように舌を押しつけられ、癒《い》やすように舐められると、それも気持ちよくて、気が遠くなった。

「つぁ、……つぁ、あ、あ、あ……」

下肢《かし》には何も刺激が与えられていないというのに、ガクガクと腰が突き出されるように揺れた。

これはイク前兆《ぜんちょう》だと予感した途端に、さらに唾液《だえき》をまぶしつけながら、じゅるるるっと音を立てて乳首を吸われて、その乳首がキュンと疼くのを意識した瞬間、目の前が真っ白にスパークした。

「……ひっ、ぁあああ、……あ……っ！」

ミルクが分泌されたのだと、すぐにわかる。乳腺《にゅうせん》がパンパンになって、乳首がはち切れそうな内圧が生まれるからだ。早くそこに歯を立てて吸ってもらわなければいられないほどの疼きがあって、哀願《あいがん》せずにはいられない。

「……出た、……っみる、く……」

慶一郎に抱かれることで、今まで全く知らなかった種類の快感を覚えた。はち切れそうな感覚に押し流され、瑛斗はねだらずにはいられなかった。

「吸って……っん、……いっぱい……っ、んぁあああ……っ」

発情期のときには、サンプルが必要だったから、消毒《しょうどく》などの手順が必要で、すぐには吸ってもらえなかった。今回もサンプルを採《と》られるのかな、と頭の片隅《かたすみ》で考えたが、そんなこともなく、熱い唇《くちびる》が吸いついてくる。

きつく吸い出されて、甘ったるい声が止まらなくなる。

「っぁ、……ん、ん、ん……」

乳首に歯を立てながら、一滴《いってき》も余さないように引っ張られては吸われていると、猛烈《もうれつ》に下肢《かし》が疼いた。

射精《しゃせい》したばかりだというのに、その奥のたっぷり濡れたところにも、刺激が欲しくてたまらなくなる。

「あ……っ」

こんなとき、どうして自分はしっかりと下着まで着けているのかと思う。こんなときには、ぐちゃぐちゃになって気持ちが悪いだけなのに。

たっぷり片側の乳首を吸ってミルクを空《から》にした慶一郎が、顔を上げてから瑛斗の下着を乱暴《らんぼう》にずり下ろした。

片方の膝に下着を残したままで性急に足を広げられ、疼いてたまらない部分に、硬くて熱いものがずっぷりと突き立てられる。

「っんぁ！　ぁ、あ、あ……っあ！」

中はたっぷり濡れていたから、痛みはない。それどころか、その張り出した硬い先端《せんたん》で、道をつけられていくときのすざましい快感に、意識が飛びそうになる。

「っ、あ、……んぁ、……あ、あ、あ……」

挿入《そうにゅう》に合わせて、反対側の乳首にたっぷり残っていたミルクを吸い出されているのだから、たまったものではなかった。頭が真っ白になって、入ってきた大きなものに擦《こす》りつけるように、腰をガクガクと揺らしてしまう。

今イったばかりだというのに、新たな絶頂に導かれて、おかしくなりそうな快感に襲われる。

「待って、……っまだ、……ぁ、……また、イク……から……っ」

混乱しながら哀願したというのに、慶一郎は動きを止めることなく、なおもそこの柔《やわ》らかさを確かめるように大きな掘削《くっさく》を繰り返した。

その動きに、絶頂感が治まらなくなる。ものすごい快感が、慶一郎の動きに合わせて引き起こされる。

「っひぁ、……っあ、……あ、あ、はぁ、っあ、……ダメ……っ」

「入れるたびに、……イってるな。今日はたっぷりと飲めそうだ」

乳首は快感を覚えれば覚えるほどに、ミルクを分泌するらしい。それを吸い出されたばかりだというのに、新たな快感に合わせて、またそこがはち切れそうにじんじんと疼いてくる。

そこに吸いつかれ、軽く歯を立てられただけであふれた。挿入されながらミルクを吸われるのは死ぬほど気持ちが良くて、吸われるたびにぎゅっと締めつけてしまう。

「っぁ、……っあ、ダメ……っ」

継続する快感の強さに、中や太腿《ふともも》が勝手に痙攣《けいれん》する。それを感じながら、乱れきった息をすることしかできない。

突かれるたびに、乳首が張り詰める。それに歯を立てられるのが、かつてなく気持ちがよかった。

きつく中が慶一郎の硬いものにからみつき、射精をせがむように絞《しぼ》り上げた。だが、どんなに締めつけても慶一郎の動きは一定で、狂《くる》おしいほど快感を高めていく。終わりのない快感に、ひたすらあえぐしかない。

「っぁ、あ、あ……っ、も、……そこ、ダメ、……乳首……っ」

挿入と同時にミルクを吸い上げられているから、射精感が治まらないのかと気づいて止めようとしたが、もうどうしようもなかった。

乳首を交互に舐められ、吸われて、引っ張られる。ミルクを吸い出されるのに合わせて、深くまで貫《つらぬ》かれ続ける。

「どんどん、あふれてくる。……今日は、……いっぱい飲ませて」

瑛斗の身体をベッドに縫《ぬ》い止めたまま、慶一郎はようやく抜き差しのスピードを速めた。

ゴツゴツと張り出した大きなもので中をえぐられるたびに、また達したような快感があって、もはや何が何なのかわからなくなる。

「っあっ、……んぁ、……あ、……っまた、……イク……っ」

慶一郎のものが一段と硬くなり、襞《ひだ》を内側から限界まで押し広げたのがわかった。

その太いもので奥の奥まで貫かれ、イクのに合わせてミルクをすすられていると、快感以外には何もわからなくなるのだった。


目を覚ましたとき、瑛斗の周りはすべてが完璧に整えられていた。

体液で濡《ぬ》れた全身を拭《ぬぐ》うこともなく、気絶するように眠りに落ちたはずだ。だが、身体は綺麗に拭われ、ベッドのシーツも敷き直されて、枕元には部屋着が置かれている。

寝ぼけながらもそれを身につけて部屋から出れば、慶一郎が香り高いコーヒーを飲んでいるところだった。

「おはよう。飲むか？」

うなずくと、丁寧《ていねい》に新たな一杯《いっぱい》を煎《い》れてくれる。

柔らかいソファに座り、まずはそのコーヒーを目覚ましに飲みながら、瑛斗は窓《まど》から外を見下ろした。とても景色が良くて、気持ちがいい。この部屋に居着いてしまいたいと思いそうになる。

「おまえさ。――甘やかしすぎ」

「ん？」

「俺なんて、もっと適当な扱《あつか》いでいいんだよ。そのほうが、落ち着くんだから」

なんだか早口になってしまう。自分が甘えているような、恥ずかしいことを言っている自覚があった。

丁寧に扱われるのも、居心地良くされるのも、気持ちがいい。そんなふうに思いはするのだが、このままだと甘やかされすぎてダメになる。もっと雑な扱いをされていないと、際限《さいげん》なく我が儘になってしまいそうだ。

じわりと頬《ほお》を染めた瑛斗を愛しげな目で見つめてから、慶一郎は無言で口元を緩《ゆる》めた。

それから、カップを置いて切り出してくる。

「ところでね。君のアパートの更新《こうしん》時期が、もうじきだろ。すでに仲介《ちゅうかい》会社から、書類が来ているると思うが」

「え？　ああ、うん」

瑛斗は面食《めんく》らいながらも、うなずいた。

もうじき、更新というのは本当だ。住んでいたアパートは老朽化《ろうきゅうか》のために立て直すから、立ち退《の》きをしてもらいたいという書類もあり、それに応じた場合には六ヶ月分の立ち退き料が支払われるそうだ。

瑛斗としては、それだけもらえればかまわない。引っ越し代もまかなうことができる。

ただ引っかかっていたのは、アパートはさして築年数が経《た》っていなかったことだ。

――だけど、何でそれを？

住宅費補助のために、アパートの契約書類は社に提出してある。だとしても、更新時期のことまでいちいち慶一郎が知っているだろうか。

だが、ことはついでなので、立ち退きを求められていると事情を伝えておくことにした。

「で、引っ越しの準備をするから、しばらく片付けとかで、会えないかもしれないけど」

「ここに越してくるのはどうかな？」

おもむろに切り出された。

「え？」

「見ての通り、部屋は余っている。一緒に住むのを前提《ぜんてい》で、試しにしばらく、ここで暮らしてみたらどうだ？」

渡りに船の提案ではあったが、つがいになったとはいえ、いきなり同棲をするなんてハードルが高い。これ以上、慶一郎にべったりになってもいいものなのだろうか。

すぐには心が決まらず、はぐらかすように言った。

「まぁ、探して、他にいいところがなかったら」

「わかった」

慶一郎は一旦《いったん》納得したようにうなずいたものの、「あるはずがない」と口元が動いたように見えたのは、幻《まぼろし》だろうか。

ツジタケ製薬は神代《かみしろ》不動産と業務提携をすることが決まり、その神代不動産を取り仕切る、元婚約者と慶一郎が意気投合《いきとうごう》したと瑛斗が知ったのは、それからしばらく後のことだ。

自分の元アパートや、その周辺の安価なアパートが、ことごとくその神代不動産名義で買い上げられ、大規模な再開発が行われていたのも知る。

だが、そのころには、瑛斗はすっかり慶一郎の部屋に馴染《なじ》んでいた。何らかの策動《さくどう》があったのをおぼろげに感じたものの、あえてその居心地のいい住まいから飛び出すほどではない。

慶一郎の愛は、なんだかとんでもなく深く甘いのを日々感じるばかりで、自分はそんなアルファに見込まれてしまったのだと、運命のように感じるのだった。

ＥＮＤ

LOVERS COLLECTION

十七周年おめでとうございます！

自分が関わったのは途中からですが、
十七年の時の流れを思うと、なんだか感慨深いです。
最近「乳首特化のお話を書いてもいいですよ」とお許しをいただけたので、ますます元気に書いていきたいです。
今後とも、どうぞよろしくお願いします。

バーバラ片桐

17TH ANNIVERSARY

オメガの乳雫
ラフ画特集

CHIHARU NARA Presents

BIGAL

カバー②
夏っぽい
逆光
オーバーレイ強め
シャツ→サスペンダーで止める
あまのパフェとおっぱいメイン。
ふわふわ感出したい
くつ下
ねそべり
パフェ
下はボクサーのみ

ラブコレ③ 背 某テーマパーク風デート（ハロウィン時期）

ライト
デート帰り
夜
むわぁ…
イッたので
びしょ
ぬれ
(下も。)

瑛斗
28
β→Ω
慶よりは
筋肉量下げ
私的に
りビジュです
黒
巣作り
あきと（カバーのイメージも
これで今のところ。）
トロピカル
マンゴー

白
(カラーはプラチナ系)
慶一郎
(30才↓)
α
脱いだらスゴイ

①
自販機＆非常灯
1000
水拾う

多く描いてますが無し
ビク ビク
スーツ・シャツなど

まど夜
まど夜

αの僕が敗北するなんてありえない!!
祝 ラヴァーズさん17周年!!・奈良
……それで？
彼はきっと…運命のつがいに違いない
本当に可愛いらしい人なんだ♥
いつか君にも紹介した
プルルルル
許すまじアキト
僕から慶一郎様を奪うなんて
スガッ
ギャ
どれほどの野郎なのか直々に確かめてやる…!!
神代結翔(α) 慶一郎様の元婚約者
第3営業部
Tsujitake Pharmaceutical Company
あ〜山田くん
はいっ
俺今日直帰なんで
A社に渡す残りの資料頼んでも？
いっすよー
あれが菅野瑛斗か
遅咲きΩとは聞いていたが
ここまで色気の無い奴だったとは…
しかも「かわいい」だと？
どちらかと言えば無愛想だし
仕事だってそこそこ程度…
慶さまはいったいあの何に惹かれて…
ねえあんな美人営業《うち》にいたっけ？
本部《うえ》の人じゃないか？
ぬっぽいし…
あっとか言ってたらまじのトップ来たっっ
!!
慶一郎さまぁ〜
やぁ
まぶしいっ
菅野くんはいるかな？
ちょおま…っ
いたいた
辻岳さんちょっと
ん？
廊下に出ましょう
長居はしないよここでも
出ましょうね!!

ははゴメンゴメン
君今日はこのあと直帰だろう？
先に夕飯のリクエストがあれば聞いておこうかと
こっちには来るなっつったろ!?
…それが？
は？
はぁ〜〜？
ひまかよ？ラ〇ンで済む話だろ…ったく
リクエストとかねえよ別にお前の好きなもん作れば
あの野郎慶一郎様に料理なんてさせてるのかっ!?
うっ…うらやまし…
じゃなりっ
それなのに奴めあんな態度…
そっか？
じゃあタコとイカのカルパッチョならどっちが…
よし、イカで！そんじゃ失礼!!
ああ、…それと瑛斗
!?
?
?
ぞわ
ぞわ
↑発動・無自覚正妻フェロモン↑
もう少し自覚してもらわないとね？
キュッ
それじゃあまた今夜
やっぱりあの二人って
だよな〜
マーキングすげえ
…………
その後のその後
すまなかったと今度会って説明させ
もういい
ポコン
一生ママのおっぱい吸ってろよバカ慶一郎
お？この場合のママは瑛斗かな？
見てくれ瑛斗
結翔とも和解できそうだよ
にこ
にこ
…それ皮肉じゃ…？
全く堪えてないよ
しかし その後も慶一郎を諦めきれず
瑛斗を拉致るも見事に玉砕した結翔であった…

Encounter
犬飼のの
illustration
國沢智

北イタリアのホーネットの森は、秋を迎《むか》えて華やかに装《よそお》う。

木々の葉は赤や黄色に染まり、緑色の残る草地に気の早い木枯《こが》らしが吹《ふ》いていた。

広大な森と魔族《まぞく》が巣食《すく》う城の管理を任されている吸血鬼《きゅうけつき》、ノア・マティス・ド・スーラは、森を散策《さんさく》するのを日課にしている。

果実の香りが加わった秋の午後の空気を、胸の奥まで染《し》み渡らせた。雪で真っ白に覆《おお》われた森も好きだが、その前に一際《ひときわ》色づく今の季節も捨てがたい。とはいえ夏も春もそれぞれによい面があり、不都合な面もあるものだ。単純に一つの面だけを見て好悪《こうお》を決めてしまうのは勿体《もったい》ないことだと、今のノアにはよくわかっていた。

——今日は西の方に生《な》っていたベリーを摘《つ》んで帰ろう。そろそろ食べ頃のはずだ。

魔族の中でも特に伝統《でんとう》を重んじる名門吸血鬼一族の貴族悪魔《きぞくあくま》でありながら、ノアは多様性というものを受け入れている。

ベリーを摘むという、使役悪魔《しえきあくま》や虜《とりこ》がやるような作業も、自分がやりたいと思えばやるし、何を着るかもどんな髪型をするかも、誰と話すかも、すべて自由だと考えていた。伝統に縛《しば》りつけられ、父親の複製《ふくせい》として生きる必要はもうない。父は父、自分は自分。そんな当たり前のことに気づいた途端《とたん》に、人生が秋の森のように色づき始めた。

ノーブルなスーツを着ることもあれば、体のラインを強調したレザーで全身を固めることもあるが、今日は締めつけない緩《ゆる》やかなオーガニックコットンの気分だ。

オフホワイトのゆったりしたシャツにカジュアルな綿《めん》のパンツ。ベルトは使わず共布《ともぬの》の紐《ひも》で絞《しぼ》っているだけ。靴下《くつした》は穿《は》かず、靴は歩きやすさを重視した軽量のスリッポン。これだけだと軽装すぎて夏向きになってしまうので、ふんわりとしたストールを一巻きしている。

体に触れるすべての物が柔《やわ》らかく、自由を謳歌《おうか》できる恰好《かっこう》だ。

淫魔《いんま》の香具山紲《かぐやませつ》が好みそうな装いだが、特に影響《えいきょう》を受けたわけではない。

ノアは複数のファッション誌を取り寄せ、だいたい週ごとに自分のイメージを変えている。

最初は本当に好きなものを見つけるための自分探しだったが、今は変化することそのものを楽しんでいた。時には長い黒髪を編《あ》んだり、メイクを施《ほどこ》したりすることもある。アイラインを引いてみたり、目尻《めじり》に鮮《あざ》やかな赤や黄色を添えてみたり、爪《つめ》を黒や白に塗《ぬ》ることもあった。

素材は父親のルイ・エミリアン・ド・スーラと同じでも、ファッションやヘアメイクで常に変われる。もちろん父親のことは尊敬しているし、似たような恰好をしたくなることもあるが、それはそれとして、気分次第で変身できる自分を肯定《こうてい》していた。

「――ッ、ウア！」

気分上々、黄昏《たそがれ》の秋の森を堪能《たんのう》していたノアは、突然の痛みに呻《うめ》く。

気づいた時には転倒していて、枯《か》れ葉《は》の上に両手をついていた。

業火《ごうか》に炙《あぶ》られるような痛みが足首に走り、意識のすべてを摑《つか》まれる。けれども視線はすぐに投げられず、足首を見るのが怖かった。何かとんでもないことが起きているのがわかる。

「……う、ぁ……こ、これは……ッ」

強烈《きょうれつ》に痛むのは左足首で、恐る恐る目をやると、焦《こ》げ茶色《ちゃいろ》のスリッポンと綿のパンツの裾《すそ》が血塗《ちまみ》れになっていた。

足首に焼《や》き鏝《ごて》を押し当てられた感覚があったが、実際に熱感はない。

傷を目にすることで正しい感覚を捉《とら》えることができた。できることなら捉えたくなかったが、害獣《がいじゅう》用の罠《わな》が足首に食い込んでいる。まるで鮫《さめ》にがぶりと食いつかれたかのようだった。鮫の歯にそっくりな金属《きんぞく》の刃《は》が肉に食い込み、湧《わ》き水のように血が溢《あふ》れだす。

「ク、ゥ……ッ！」

ノアは枯れ葉の絨毯《じゅうたん》の上に頽《くずお》れ、首を伸ばして空を仰《あお》いだ。

まともに傷と向かい合うと痛みが増すので、一旦《いったん》意識を他に逸《そ》らす。

幸い、西の空はマジックアワーを迎えていた。一日のうちで最も美しい時間だ。

青が赤に駆逐《くちく》される様《さま》は気を逸らすのに丁度《ちょうど》よかったが、しかし血の色を彷彿《ほうふつ》とさせるほど見事な赤でもある。否応《いやおう》なく足の傷のことを考えてしまった。細く浅く呼吸を繰り返しても、痛みは一向にやまない。呼吸を落ち着け、改めて直視するしかなかった。

——誰がこんな所に罠を！

怪我《けが》をしても自己再生できる身ではあるが、痛みからは逃《のが》れられない。それに、どのような怪我でもすぐに治せるわけではなかった。罠は酷《ひど》く錆《さ》びていて、なかなかに性質《たち》が悪い。

「うあ、ぁ……ぅ」

ノアが身じろぎすると、罠は喜び勇《いさ》んで食いついてきた。

金属の表面は、ほぼ全面が腐食《ふしょく》していて赤茶けた錆だらけだ。手で広げようとしても少しも広がらず、むしろ刃が骨に向かって食い込んでくる。

「ぐ、う……ぅ、ぅ」

罠の形状と錆び具合から見て、相当な年代物だとわかった。人間が仕掛けた物だとしても、当の本人は寿命《じゅみょう》を迎えて死んでいるかもしれない。これまで獲物《えもの》を一匹も仕留められなかった分なのか、ノアの足をぎちぎちと捕らえて離さなかった。

――これは……無理に外そうとすると手まで怪我を負いそうだ。綺麗な刃物ならいざ知らず、汚染《おせん》された錆を取り込むのはよくない。痛みも強く、治癒《ちゆ》に時間が……！

こんな時こそ冷静に行動すべきだと考えるノアの思考を裏切って、頭の芯《しん》が痛い痛いと訴《うった》え始める。痛みに呑《の》まれてはいけないと思っても、それしか考えられなくなっていた。

――駄目《だめ》だ……自力で外《はず》すのは難しい。眷属《けんぞく》を呼ばなくては……。

地面に半ば這《は》った状態で、ポケットを探ろうとする。

しかしそうする前に、通信端末を城に置いてきたのを思いだした。忘れたわけではなく意図的に置いてきたのだ。今日はなるべくナチュラルな装いで歩きたかったので、余計な物は何も持ちたくなかった。眷属を呼ぶには他の手を考えなくてはならない。

今日の装いが全身レザーで、重たいロングブーツを履《は》いていたら、こんな酷いことにはならなかったのにと悔《く》やんでいると、突然「おい、大丈夫か？」と後ろから声をかけられる。

「……ッ！」

驚《おどろ》いて振り返るまでの間に、ノアは貴族悪魔の気配を感じていた。

本来ならある程度離れていても感知できるはずの、強い気配がすぐそこにある。

――貴族悪魔……っ、獣人《じゅうじん》？

他の貴族悪魔が現れたことよりも、こんな距離まで気づかなかったことに衝撃《しょうげき》を受けた。

貴族たるもの露骨《ろこつ》に感情を見せてはならないと思っていたが、うっかり顔に出てしまう。

「悪いな、急に出てきて驚かせたか？」

「……あ、いや……べつに……」

ぎょっとし過ぎた顔を無表情に変えたノアは、乱れた髪を掻《か》き上げた。

立ち上がるのは難しいが、見苦しくないよう背筋《せすじ》を伸ばす。

声をかけてきたのは、グリズリー獣人の貴族だった。浅黒い肌と蜂蜜色《はちみついろ》の目を持ち、数ある魔族の中で最も体格がよく、熊《くま》の威圧感《いあつかん》をそのまま体現したような体の持ち主だ。

「お前は、グリズリーの……」

「グレイ・ハードだ。先月からホーネットの森の西側を担当してる。部下を何人か引き連れて挨拶《あいさつ》にも行った」

「もちろん憶《おぼ》えている。私は……」

ノア・マティス・ド・スーラだ――と名乗ろうとするや否や、ノアは忘れていた痛みを取り戻す。いきなり足がもげそうな激痛に襲《おそ》われ、ファーストネームすら名乗れなかった。

「――っ、ぅ！」

「大丈夫か、今外してやるから動くなよ。そいつは動けば動くほど食い込むんだ」

「す、すまない……部下を、呼ぼうと思った……ところだった」

「謝《あやま》られると困るから謝らないでくれ。こういった古い罠を見つけるのは俺達の仕事だ。早く見つけていればこんなことにはならなかった」

日本では灰色熊《はいいろぐま》と呼ばれるグリズリー獣人のグレイは、ノアの前に跪《ひざまず》く。変容《へんよう》して獣《けもの》の姿になった時と同じ灰褐色《はいかっしょく》の髪が、一瞬ノアの鼻先まで迫《せま》った。

グレイはカジュアルな作業着姿で、ポケットから軍手を取りだして両手に嵌《は》める。

「私は、ノア・マティス・ド・スーラ……お前は、何故《なぜ》そんなに準備がいいのだ？」

「近くで木を切って薪《まき》割りをしてたから」

「薪割り？　貴族なのに？」

「力仕事は半分趣味だ。あんたと縁《えん》のある豹族《ひょうぞく》なんかはハンティングが好きだろ？　俺達熊は獲物を追う趣味はない。活《い》きのいい魚を見ると興奮《こうふん》するけどな」

「やはりサーモンが好きなのか？」

「ああ、大好きだ。サーモンとイクラが好きでたまらない。けど木の実やフルーツなんかも大好きだ。まあそれはともかく木こりみたいなことをしていたら、薔薇《ばら》っぽい血の匂《にお》いが流れてきたってわけだ。もしやと思って来てみれば、綺麗《きれい》な吸血鬼が罠にかかっていて驚いた」

「間抜けな吸血鬼だと思っただろう?」

「いや、綺麗だとしか思わない」

そう言って少し笑ったグレイは、次の瞬間には真剣な顔をした。

「少し痛むぞ」と低めた声で言うなり、鮫の歯に似た錆びた刃を左右に開く。

それは実に見事な手さばきだった。バギンッと断末魔《だんまつま》の悲鳴を上げて、罠が壊《こわ》れる。

「――っ、う、ぅ!」

骨まで食い込んでいた錆びた刃が離れるのはありがたいが、途轍《とてつ》もなく痛くて、ノアの頬《ほお》を生理的な涙が滑《すべ》り落ちる。

名門吸血鬼一族の当主として恥ずかしかったが、こらえようと思ってこらえられるものではなかった。ハンカチで目元を押さえ、俯《うつむ》いて隠《かく》すことしかできない。

「大丈夫か? 顔色が真《ま》っ青《さお》だ」

「あ、ああ……すぐに治せる。このくらい、どうということは……」

ない――と言おうと思った口から、またしても「うっ」と呻《うめ》きが漏《も》れてしまう。

羞恥《しゅうち》のあまり顔をそむけると、「なんか意外だな」と苦笑された。

「何が、意外なのだ？　私が痛みに苦しんでいるのが、そんなに意外か？」

「いや、そうじゃなくて……『獣人如《ごと》きが触るな、汚《けが》らわしい』とか言って、熊の助けなんか拒《こば》むタイプだと思ってた」

「……そういうのは、もう、やめた」

「やめたんだ？　あんたってほら、女王の時代に王子の位《くらい》についてただろ？　その頃にえらく高慢《こうまん》で残忍《ざんにん》だなんて噂《うわさ》が耳に入ってきたんで、実はちょっと警戒《けいかい》してた」

「警戒する必要などない、何もかも昔の話だ。時代は変わった」

「うーん……時代が変わったっていうより、あんた自身が変わったんだろ？　今だって魔王《まおう》の弟だし、宰相《さいしょう》の息子じゃないか。しかも二人とも日本に居て目が届かない。あんたはどういう態度だって取れる立場だ」

「何が言いたい？」

今度はノアが警戒する番だった。

怪力《かいりき》で助けてもらったことには感謝しているが、相手は獰猛《どうもう》な種の獣人だ。

聞いたところによると、飢《う》えたりキレたりすると手に負えないというだけで、普段は温厚《おんこう》な種族らしいが、その特徴《とくちょう》はドメスティックバイオレンスに手を染める輩《やから》に近いものがある。

個体差もあるうえに希少種《きしょうしゅ》なので詳しくはわからないが、持ち得るパワーは豹や虎《とら》の比ではない。油断してはならない相手だった。

「グリズリーのグレイ・ハード、助けてもらって感謝する。礼は改めてさせてもらう」

「どういたしまして。ああ、動いちゃ駄目だ、傷がまだ治ってない。城まで送っていこう」

「……っ、え、あ……！」

信じられないことに、ノアの体は軽々と抱えられる。

成人男子として十分な上背《うわぜい》と重量があるにもかかわらず、まるで華奢《きゃしゃ》な姫君《ひめぎみ》か何かのようにふわりと抱かれ、卒倒《そっとう》する思いだった。

「ぶ、無礼だぞ……許しもなく、いきなりこんな……っ」

「いやいや、これは必要なことだから。切れ味のいい刃物で負った傷ならともかく、こういう錆びた鈍《にぶ》い刃物で負った傷は性質が悪い。不純物《ふじゅんぶつ》をじっくりと時間をかけて排除《はいじょ》しながら治さないと、あとあとまで痛みが残ることがあるんだ」

「——だからといって、こんな……」

「仕方ないだろ？　自力で歩いたら体は急いで治す必要性を感じてしまう。魔族の体は便利に出来てるからな。むしろ自分で意識して、すぐに治らないよう力を抑《おさ》え込んだ方がいい」

「錆を内包《ないほう》して苦しんだ経験が、あるのか？」

「もちろんあるさ。あんたよりはだいぶ長く生きてるし、怪我なんかしょっちゅうだ」

「しかし、この……お姫様抱っこはなんとかならないのか？」

背中と膝裏《ひざうら》に、グレイの体温がじわじわと移ってくる。

吸血鬼の体質を知らないのか忘れてしまったのか、グレイは「体が冷え切ってるな、足湯を使って温まった方がいい。まず傷口を洗うのが先だな」などと言ってきた。

私は吸血鬼だから元々体温が——と言いたくても衝撃《しょうげき》の体勢に言葉にならないノアに、彼は「とりあえず俺の家に行くか？　屋敷じゃなく、自分で作った手狭《てぜま》な小屋が近くにある」と、さらにとんでもないことを言ってくる。

「冗談《じょうだん》ではない。私は城に帰る！」

そう抗議するや否や、ノアは今の体勢のままグレイに送り届けられる自分を想像した。

いくら若くても、ノアには名門吸血鬼一族の当主という立場と誇《ほこ》りがある。使役悪魔の前で無理に恰好《かっこう》をつける必要はないものの、やはり頼りない姿は見せたくなかった。

「その……小屋は本当に、ここから近いのか？」

「すぐ近くだ。運んでやるから、錆やら何やら不純物を体外に出すことをイメージして、治癒《ちゆ》そのものは遅らせるんだ。しっかり排出して、よく洗ってから傷を塞《ふさ》いだ方がいい」

「そう、だな……すまない、世話になる」

このまま身を任せてよいものか多少の迷《まよ》いはあったが、貴族悪魔同士で不埒《ふらち》なことにはなりようがないので、まあいいかとも思った。

貴族の男同士が長期間一緒に居たり性行為をしたりすると、片方が女性化してしまうという厄介《やっかい》な問題があるため、心配する必要はないのだ。もし仮に乱暴《らんぼう》な行いをされて戦いになった場合、遠隔攻撃《えんかくこうげき》が可能な吸血鬼は絶対的に有利で、獣人の方が命を落とすことになる。

——自殺願望でもない限り、私に手を出すわけがない。本気になれば、私は勝てる。獰猛で巨大なグリズリーの首を落とすことも、私ならできる。

万《まん》が一《いち》の場合の対処法を考えているうちに、グレイが作った小屋が見えてくる。

手狭だと言ったのは謙遜《けんそん》だったのか、大柄《おおがら》な彼にとっては本音《ほんね》なのか、ノアが想像していたよりも立派な小屋だった。一階と屋根裏部屋しかなさそうだが、立派な煙突《えんとつ》や前庭がある。

太い木にはハンモック、すぐ近くに小さな池と菜園。薪割りの途中で駆《か》けつけてくれたのも事実だとわかった。

「貴族なのに、自分で畑を耕《たがや》すのか？」

「それも趣味の一つだからな。あんただって趣味を部下にやらせないだろ？」

「……やらせないな」

例えば洋服選び、メイクや髪型を決める時など、気分で思うままに変えることが楽しいのに、人任せにするわけがない。手伝わせることはあっても、リードするのは当然自分だ。

「俺の小さな城へようこそ」

貴族悪魔として貸与《たいよ》されている古城《こじょう》が近くにあるにもかかわらず、グレイは誇らしげな顔でノアを小屋に通した。正確には姫君のように両手で軽々と抱いたまま、時には片手を使いつつ運び入れる。

「湯の用意はすぐできるから、傷を急いで治さないよう意識しながら待っててくれ」

「あ、ああ……すまない、手間をかけるな」

「大丈夫。美人の世話も趣味の範疇《はんちゅう》だ」

暖炉《だんろ》の近くのベンチに下ろされたノアは、血塗れの左足首を見下ろす。

欠損《けっそん》までは行っていないので、本気を出せば短い時間で治せる程度の怪我だった。

しかしグレイが言っていた通り、急ぐと不純物を内包したまま傷が塞がってしまい、あとで面倒なことになりかねない。不純物を体外に排出するための痛みや違和感《いわかん》が出たり、化膿《かのう》して長引いたりする危険も確かにあるのだ。

「水に限りなく近い微温湯だけど、まずこれで傷口をよく洗おう」

盥《たらい》を持ってきたグレイは、ノアの足元に跪く。スリッポンを脱《ぬ》がし、パンツを捲《まく》り上げた。

露《あら》わになったノアの脛《すね》を見て、「素晴らしいな、雪みたいに真っ白だ」と感嘆《かんたん》する。

「グリズリー獣人の貴族は、浅黒い肌の者ばかりだと聞いている」

「そうそう、今でこそ欧州《おうしゅう》の管理もできるけど、昔は動ける地域が限られていて窮屈《きゅうくつ》だった。魔族としてどうこうっていうより、人間として」

「お前はそういう時代を生きてきたのか？」

「まあね、そこそこの歳だから」

「では敬《うやま》わねばならないな」

「身分より年齢を重視するタイプ？」

「いや、必ずしもそうではない。年長者をすべて敬っていたら大変だ」

「そりゃそうだな。俺はとりあえず合格かな」

「いつどうなるかわからないが、現時点では」

困っていたところを助けてくれて、なおかつ適切なアドバイスもしてくれているのだから、身分とは無関係に敬える点がある。もちろん感謝《かんしゃ》もすべきだ。

それは今のノアにとって無理のない判断だった。以前の自分だったら考えられないことだが、今はスーラ一族の当主という身分よりも、優先すべき自分の意思がある。

「傷に触るぞ、また痛むかもしれない」

グレイは大きな手で湯を掬《すく》い、ノアの左足を洗った。

最初は血で汚れた脛を洗うだけだったが、錆びた刃で抉《えぐ》られた傷にも触れる。

「……ぅ、う」

覚悟していても呻いてしまい、痛みから逃れたくて治癒能力を高めそうになった。

それを理性で抑《おさ》え、傷口の洗浄が済むまで治さないよう耐《た》え忍《しの》ぶ。

微温湯よりも温かい彼の手が、脛を撫《な》で下ろしている時は心地《ここち》好《よ》い。ところが傷に触れると雷《かみなり》にでも打たれたかのように衝撃が走り、天国と地獄《じごく》を行ったり来たりしている気分だった。

「相当痛いだろうに、我慢強いな」

「……貴族は、人前で見苦しく呻くものではない。だが今日の私は、醜態《しゅうたい》を晒《さら》し過ぎだ」

「まだ若いんだし、ちょっと駄目な日があったっていいんじゃないか？　二十年も生きてないような若者が、あまり出来過ぎてるとこっちは焦《あせ》る」

「私のことを、よく知っているのだな」

「そりゃ有名だし、奇跡《きせき》のような美人だし。お前には悪いけど、今日の俺はかなりラッキーだ。恋に落ちたりしないよう気をつけなきゃな」

「——っ、え……？」

ジョークにしても考えられない発言に、ノアはベンチの上で居竦《いすく》まる。

まともに相手にするのも愚《おろ》かしいが、貴族悪魔は決して結ばれてはならないものだ。もしも結ばれたら片方が女性化し、魔族社会の秩序《ちつじょ》を保つために処刑《しょけい》されるのだから、身も心も繋《つな》いではならない。惹《ひ》かれることすら許されない。

「女性化を防ぐ研究が進んで、以前と違って道が開けただろ？　奥の手があるなら禁断《きんだん》の恋も悪くないかなって、思ったりする」

「研究は進んだが、実際に試した者はいない。まだ実験段階だ」

「第一号になってもいいと思うほど、誰かに夢中になれたら楽しくないか？　お前の父親……宰相ルイ・エミリアン・ド・スーラのように、運命的な恋に憧《あこが》れる」

「獣人は、同性愛を好まない傾向《けいこう》があると聞くが」

「それは個人差がある。誰もが同じわけじゃない」

足首に何度も湯をかけられて洗われながら、ノアは生々《なまなま》しい傷を治していく。

不純物を洗い流された傷は難なく塞がり、赤く染まった湯の中で皮膚《ひふ》が再生された。

グレイが口にした女性化を防ぐ研究――それは自由恋愛を可能にするために今のホーネット教会が進めていたもので、理論的には結果が出ている。

女性化して過去に処刑された貴族悪魔の体には、二つあるはずの腎臓《じんぞう》が一つなくなっていて、女性化の際に腎臓が子宮に変化しているのが確認されていた。

つまり恋仲にある二人の男貴族の体から、腎臓を一つずつ摘出《てきしゅつ》し、それが再生されないよう飢《う》え渇《かわ》いた状態で過ごして、腎臓が一つ欠損《けっそん》したまま体が固定されるのを待てばいいのだ。

そうなったあとの二人が男同士で睦《むつ》み合うと、子宮に変化させられる臓器《ぞうき》がないため、女性化はせず、永遠に男同士のままいられるという理論だ。純血種《じゅんけつしゅ》の誕生《たんじょう》を防ぐために、女貴族は問答無用で処刑される掟《おきて》だが、男のままなら同性で結ばれようとなんら問題はない。

教会《きょうかい》の掟により辛酸《しんさん》を嘗《な》めてきた宰相ルイ・エミリアン・ド・スーラは、「腎臓を一つ失い、飢えと渇きに耐えてでも想いを成就《じょうじゅ》させたい者は申し出るように」と触れを出し、一定の条件下での貴族同士の恋愛を認めたわけだが、今のところ挑戦《ちょうせん》する者は一組もいなかった。

「臓器を一つ失った状態で体が固定されるまで、飢え渇きに耐えるのは一週間くらいだろうか。外科的に腎臓を摘出し、そのあと苦しんでまで女性化を防ぐ……それは現実的ではないな」

「そうだな、正気の沙汰《さた》じゃない。けど、そんな大変なことをしてまで結ばれたいとお互いに思える関係には憧れる。俺は……そんなふうに激しく誰かを求めたことも、求められたこともないからな」

「普通はないだろう。何百年生きたとしても、そうそうないことのように思える」

「ああ、残念ながらその通りだ」

グレイはノアの左足を軽く摑み、「完治《かんち》してよかったな」と呟《つぶや》いた。

まるで貴婦人《きふじん》の手を取るようにそっと持ち上げ、こうべを垂《た》れる。

赤い水滴《すいてき》を弾《はじ》く甲《こう》に、おもむろに唇《くちびる》を寄せた。一つ目のキスだ。

二つ目のキスは、足の指に。弾力《だんりょく》のある唇を押し当て、上目遣いで視線を合わせた。

「ノア……古い罠が他にもないか、部下を総動員して徹底的《てっていてき》に調べておく。俺の管理下の森で怪我をさせてしまい、すまなかった」

「――いや、それは……お前が謝ることではない。これほど広い森を隅々《すみずみ》まで調べ尽《つ》くすのは無理がある。ましてやお前は、赴任してきたばかりだ」

「寛容《かんよう》だな」とグレイは笑い、三つ目のキスをしてくる。

今度のキスは足の裏側に。熱く、ねぶるようなキスだった。

END

17th anniversary

祝 ラヴァーズ文庫様

17周年おめでとうございます。
ラヴァーズ文庫様の益々の御発展を、
心よりお祈り申し上げます。

犬飼のの

薔薇の宿命シリーズを応援してくださる読者様のおかげで、
今年もラブコレに参加させていただくことができました。
ルイ×紲、蒼真×ユーリ、馨×理玖のどれを書くか迷った末に、
以前から温めていた熊×ノアの話を書きました。
お楽しみいただければ幸いです。

薔薇の宿命シリーズ
ラフ画特集

TOMO KUNISAWA Presents

暗灰色
太眉
濃いグレー
下まつげなし
褐色肌
蜂蜜色の瞳
グレイ・ハード
グリズリー獣人

ザァアア…
キュッ
ブブッ
burn
くにさわとも
あー…
父さんがやけにソワソワしてる
そっちでなんかあった？
父さんの気のせいならいいんだけど
…兄上
……
っ
…千里眼を使えば
何でもお見通し
でしょうに
※千里眼はメチャクチャ疲れるので
乱発しません

純血種だけが使える千里眼
まるで氷の舌で全身を舐められるようなおぞましい感覚
……ノア
あの獣人の唇は熱かった
父さんの気のせいなら
ノア
なにかあればすぐに連絡しろ
ポン
……
「なにか」など
『ご心配なく』
Don't worry.
――あるはずもないのだから
End.
Happy 10th Anniversary!

Lovers Label

ラブ♥コレ 17th anniversary

ラヴァーズ文庫をお買い上げいただきありがとうございます。
この作品を読んでのご意見・ご感想をお聞かせください。
あて先は下記の通りです。

〒102−0075
東京都千代田区三番町8-1 三番町東急ビル6F
(株)竹書房　ラヴァーズ文庫編集部
秀 香穂里　西野 花　ふゆの仁子
いおかいつき　バーバラ片桐　犬飼のの
奈良千春　國沢 智

2021年12月6日
初版第1刷発行

●発行者　後藤明信
●発行所　株式会社　竹書房
〒102−0075
東京都千代田区三番町8-1 三番町東急ビル6F
代表 email： info@takeshobo.co.jp
編集部 email： lovers-b@takeshobo.co.jp
●ホームページ
http://bl.takeshobo.co.jp/

●印刷所　中央精版印刷株式会社

本作品の内容は全てフィクションです
実在の人物、団体、事件などにはいっさい関係ありません

ラヴァーズ文庫
Lovers Label
雨《あめ》と鞭《むち》も恋《こい》のうち Thirdキス
ふたりの部下が調教中
エリート刑事イキっぱなし!?
捜査一課のエリート刑事・佐久良《さくら》は、
酔って記憶を失くしたせいで、
ふたりの部下と、同時に付き合うことになってしまった。
さらに、その秘密がバレて、
18も年の離れた男に脅迫されてしまう!!
年下の男たちに愛でられ、啼かされて、
硬派な刑事がとろけていく——。
好評発売中!!
著 いおかいつき
画 國沢《くにさわ》 智《とも》

ラヴァーズ文庫
Lovers Label
ギルティフィール
GUILTY FEEL
KEEP OUT
お前だけを愛してる
この感情は罪か
著 いおかいつき
画 國《く》沢《さわ》智《とも》
敏腕刑事の河東一馬《かわとうかずま》と、科捜研の新鋭・神宮聡志《じんぐうさとし》。
秘密で付き合い始めたふたりの間には、いまだに解決していない問題がある。
それは、どちらが相手に「抱かれるか」ということ。
好きな奴とは抱き合いたい。でも男のプライドは譲れない!!
そんなとき、一馬と有名モデルの熱愛がスクープされる。
しかし、一馬にはその誤解を解けない事情があった。
浮気している恋人に『愛の仕置き』を加え、
真実を聞き出そうとする神宮だが!?
好評発売中!!

ラヴァーズ文庫
Lovers Label
蜜言弄め
小説家と漫画家に言葉責めされています
小説家と漫画家はベッドで甘い牙を剥く
文学青年の安岐《あき》は、
ストーカー男に襲われているところを、小説家の神原《かんばら》と、
漫画家の柏木《かしわぎ》に助けられる。
二人とも恋愛ゴシップの多いイケメン作家だ。
ストーカー対策で、二人と恋人のふりをすることになった安岐だが、
いつの間にか本当の恋人のように扱われ、ベッドに押し倒されて——。
「君の中を朝まで愛させてくれ」
男たちが囁く甘い言葉に感じてきて、安岐のカラダが淫らに開いていく。
著 西野花《にしのはな》
画 奈良千春《ならちはる》
好評発売中!!